시와 사상의 만남

독일. 어느 겨울 동화

공산당 선언

시와 사상의 만남

독일. 어느 겨울 동화

공산당 선언

하인리히 하이네 · 카를 마르크스, 프리드리히 엥겔스 지음
홍성광 옮김

연암서가

옮긴이 홍성광

서울대학교 독문과 및 대학원을 졸업하고, 토마스 만의 장편소설 『마의 산』 연구로 박사 학위를 취득하였다. 역서로는 괴테의 『이탈리아 기행』 『젊은 베르터의 고뇌』, 헤르만 헤세의 『헤세의 여행』 『헤세의 문장론』 『데미안』 『수레바퀴 밑에』 『싯다르타』 『환상동화집』 『잠 못 이루는 밤』, 야스퍼스의 『정신병리학총론』(공역), 뷔히너의 『보이체크·당통의 죽음』, 쇼펜하우어의 『의지와 표상으로서의 세계』 『쇼펜하우어의 행복론과 인생론』 『쇼펜하우어와 니체의 문장론』, 니체의 『니체의 독설』 『차라투스트라는 이렇게 말했다』 『도덕의 계보학』, 토마스 만의 『마의 산』 『부덴브로크 가의 사람들』 중단편소설집 『베네치아에서의 죽음』, 카프카의 『성』 『소송』 중단편소설집 『변신』, 실러의 『빌헬름 텔·간계와 사랑』 등이 있다. 현재 전문 번역가로 활동 중이다.

시와 사상의 만남

독일. 어느 겨울 동화

공산당 선언

2014년 12월 10일 초판 1쇄 인쇄
2014년 12월 15일 초판 1쇄 발행

지은이 | 하인리히 하이네·카를 마르크스, 프리드리히 엥겔스
옮긴이 | 홍성광
펴낸이 | 권오상
펴낸곳 | 연암서가

등 록 | 2007년 10월 8일(제396-2007-00107호)
주 소 | 경기도 고양시 일산서구 호수로 896번지 402-1101
전 화 | 031-907-3010
팩 스 | 031-912-3012
이메일 | yeonamseoga@naver.com
ISBN 978-89-94054-62-9 03850

값 15,000원

차례

마르크스의 친구 하이네와 그들의 혁명 이념

홍성광

하인리히 하이네(Heinrich Heine, 1797~1856)의 『독일. 어느 겨울 동화』와 카를 마르크스(Karl Heinrich Marx, 1818~83)의 『공산당 선언』을 한데 묶었다. 하이네와 마르크스의 아무 연관이 없어 보이는 두 책을 묶다니, 그리고 두 사람이 친구 사이라니! 사람들은 이 둘이 어떤 관계인지 당연히 의문을 가질 것이다. 그도 그럴 것이 하이네는 아름다운 서정시를 쓴 낭만주의 시인으로 알려져 있는 반면, 마르크스는 『공산당 선언』, 『자본론』을 쓴 공산주의 혁명가가 아닌가. 하지만 하이네는 마르크스의 친구로서 사회의 근본적 변혁을 꿈꾼 혁명 시인이었다.

하이네는 마르크스, 하인리히 뵐, 위르겐 하버마스, 귄터 그라스 등으로 이어지는 독일 지식인들 중 최초의 지식인으로 불리기도 한다. "종교는 민중의 아편"이라는 유명한 표현도 하이네가 마르크스보다 10년 앞서 한 말이었다. 마르크스가 파리에서 활동하던 14개월 동안 두 사람은 눈빛만 봐도 서로 통하는 사이였다. 1840년부터 43년 사이에 〈알게마이네 차이퉁〉에 실린 하이네의 글은 청년 마르크스의 사상에 큰 영향을 미쳤으며, 마르크스의 『공산당 선언』에서도 『독일. 어느 겨울 동화』의 영향을 엿볼 수 있다. 1848년과 49년에 〈신 라인신문〉에 실린 마르크스와 엥겔스의 글에도 하이네가 지대한 영향을 끼친 것으로 알려져 있다. 하이네의 설화시 『로만체로』(1851)의 '나자로'편에 실린 시 「세상만사」는 마르크스는 물론 빈부격차가 더 심해지고 있는 지금 우리 현실에도 공감을 살만한 내용이다.

"가진 것이 많은 사람은 곧
더 많은 것을 얻게 되리라.
가진 것이 없는 사람은
그것마저 빼앗길 테고.

허나 아무것도 가진 게 없는 자는
제 무덤이나 파는 수밖에.
뭔가 가지고 있는 자만이
이 세상에서 살 권리가 있으니."[1]

---

1 이 시는 누가복음 19장 26절을 현실에 빗대 풍자적으로 표현한 것이다. "내가 너희에게 말하노라. 가진 사람은 더 받게 될 것이요, 가지지 못한 사람은 그가 가진 것마저 빼앗길 것이다."

하이네의 생애는 그가 태어나 독일에서 생활했던 시절과 파리로 이주해 살았던 시절로 크게 둘로 나눌 수 있다. 그가 독일에서 생활했던 시절은 어린 시절(1797~1819), 대학 시절(1819~25), 대학 졸업 후부터 파리 이주 전까지(1825~31)의 세 단계로 나눌 수 있다. 그리고 파리에서 살았던 시절은 초기 파리 시절(1831~40), 정치적 투쟁의 시기(1840~47), 병상에 누워 생활하던 마지막 시기(1848~56)로 나눌 수 있다. 『독일. 어느 겨울 농화』가 쓰였던 시기는 정치적 투쟁의 시기와 일치한다. 하이네는 1831년 초에 독일처럼 꿈꾸지 않고, 즉 철학만 하지 않고 행동하는 파리로 이주할 결심을 한다. 그리고 1831년 5월 1일 함부르크를 출발해 5월 19일 프랑스 파리에 도착했다. 당시 파리에는 귀족이나 사제의 특권이 사라졌고 시민과 언론의 자유가 보장되어 있었다. 그의 파리 이주는 처음에는 자발적 이민도 강제적 이민도 아니었다. 그 전에 하이네는 『칼도르프 귀족론』의 서문에서 귀족계급을 공격해 물의를 일으켰고, 뮌헨에서 교수 자리를 얻는 데 실패했으며, 함부르크에서는 법률고문 자리를 얻으려다 실패하기도 했다. 당시 독일 상황에서 시인이자 유대인인 그가 시민적인 직업을 얻는 것은 불가능했다. 그러나 하이네가 25년간을 파리에서 자의반 타의반으로 보내게 된 것은 당시에 결코 그의 의도가 아니었다. 1835년부터는 프로이센 당국이 체포영장까지 발부해가며 그가 독일 땅에 발을 들여놓는 것을 금지했기 때문이었다.

1843년 5월 함부르크에 대화재가 일어나 도시의 3분의 1이 파괴되고 수많은 사상자와 이재민이 생겼는데, 이때 함부르크에 살던 하이네의 어머니 집도 파괴되었다. 이를 계기로 하이네는 13년 만에 독일을 방문하게 되었다. 그가 쓴 여행기에는 파리에서 아헨, 쾰른, 민덴, 하노버를 지나 함부르크로 갔지만 실제 여행 경로는 그 역순이었다. 그해 10월 하이네는 홀로 암스테르담과 브레멘을 거쳐 함부르크로 간 다음 12월 초 하노버와 쾰른을 거쳐 파리로 되돌아왔다. 귀향 중에 벌써 『독일. 어느 겨울 동화』를 쓰기 시작한 그는 몇 달 만에 파리에서 그것을 완성했다. 그는 여행기에 낭만적인 꿈과 전설의 형상들인 아버지 라인 강, 키프호이저에 갇힌 붉은 수염 황제, 함부르크의 여수호신 하모니아와의 가상의 대화를 끼워 넣었다. 그 운문 서사시의 첨예하게 정치적이고 풍자적인 내용, 종종 대담한 운을 사용한 연의 느슨한 형식은 이 작품을 독일에서 가장 중요한 정치 문학의 하나로 만들어 많은 칭찬과 아울러 비난도 받았다.

마르크스는 1843년 10월 고향의 강변을 등지고 독일을 떠나 망명객들이 모이는 새로운 세계의 도시인 파리에 도착했다. 쾰른에서 발행된 〈라인신문〉의 주필로 있었던 그는 신문이 금지처분을 받자 자발적인 망명의 길에 오른 것이다. 하이네는 함부르크 여행에서 돌아온 직후 몇 년 전부터 잘 알고 지내던 자유주의 성향의 문필가 아놀트 루게(Arnold Ruge, 1802~80)의 주선으로 25세의 마르크스를 알게 되었다. 이리하여 마르크스 부부가 파리에 머무를 때 대시인이자 풍자가인 하이네가 그의 집을 자주 드나들게 되었다. 루게는 마르크스의 사상적 동지였으나 서로 간에 불화가 있어 친구나 어머니에게 많은 편지를 보내며 마르크스를 비난했다. 이처럼 양자 간에 적대 감정이 생긴 것은 금전 문제뿐만 아니라 마르크스가 관념론에서 유물론으로, 혁명적인 민주주의에서 공산주의로 이동하게 되는 사상 문제도 있었다.

마르크스와 하이네는 21살의 나이 차이가 있었지만 곧장 급속도로 가까워졌다. 물론 하이네가 마르크스의 영향을 받았는지, 그렇다면 어느 정도 받았는지는 논란의 여지가 있다. 하지만 마르크스와의 빈번한 만남으로 「직조공의 노래」나 『독일. 어느 겨울 동화』에서는 어쨌든 1842년에 쓴 『아타 트롤』에서와는 달리 그의 적대자들이 더 이상 문학적인 비유로 은폐되어 묘사되는 게 아니라 직접적이고도 분명하게 공격을 받는다.

아놀트 루게는 하이네가 함부르크에서 돌아오기 직전에 이미 마르크스와 공동으로 〈독불 연감〉을 발행하기 시작했고, 하이네는 이제 「루트비히 왕에 대한 찬가」로 거기에 참가했다. 1843년 말 구독자가 줄어들고 발행인들 간의 불화로 말미암아 이 잡지가 폐간되자 파리에서 〈전진〉이라는 새로운 독일 잡지가 대신 생겨났다. 하이네의 「시대시」 몇 편은 이 잡지를 위해 쓴 것이었다. 이 잡지가 독일의 정치 세력들에 대한 공격을 시도하자 프로이센 정부는 루이 필리프 왕한테 독일 영주들과 정부들의 위신을 훼손시키는 이 잡지를 정간시키라는 외교적 요청을 해왔다. 그러자 프랑스 정부는 1845년 1월 〈전진〉을 정간시켰으며 편집자들과 기고가들인 뵈른슈타인, 베르나이스, 마르크스와 루게를 프랑스에서 추방시켰다. 그리하여 마르크스 부부는 1845년 2월 3일 기조 내각의 훈령으로 파리를 떠나게 되었다. 하이네를 높이 평가했던 마르크스는 파리에서 추방될 위험에 처했을 때 무엇보다 하이네와 헤어지는 것을 가슴 아프게 생각해 그와 함께 가고 싶다고 했다. 1845년 1월 12일 마르크스는 하이네에게 편지를 보낸다.

"내일 당신을 만날 시간이 있기를 바랍니다. 나는 월요일에 떠납니다. 내가 여기에 남겨두는 사람들 중에서 하이네를 남겨두는 것이 가장 가슴 아픕니다. 당신을 트렁크에 넣어 같이 데려가고 싶은 생각이 간절합니다. 나와 내 아내의 안부를 당신 부인에게 전해 주십시오."

두 사람은 서로 떨어져 지내게 된 다음에도 계속 편지 왕래를 통해 서로의 마음을 전했다. 마르크스는 하이네가 시는 잘 쓰고 있는지 또 건강한지 물었고, 하이네는 마르크스가 안전한지 염려했다. 하이네는 마르크스를 '입이 가장 무거운 친구'라고 불렀다. 세상 사람들은 그들의 우정을 몹시 부러워하고 칭송

했다. 몇몇 다른 시인들은 예니와 마르크스에게 정신적인 상처를 입히기도 했지만, 하이네는 마르크스와 좋은 관계를 유지했다. 그러나 하이네는 공산주의에 결코 경도되지는 않았다. 공산주의는 환희와 관능의 혁명이라는 하이네의 이상과 맞지 않았던 것이다. 공산주의자들이 단순한 의복과 금욕적인 도덕, 양념하지 않은 음식을 요구한 반면, 하이네는 감미로운 음료와 신들의 양식, 제왕이 걸치는 망토, 값비싼 방향(芳香), 관능적 즐거움과 화려함, 웃음이 배어나는 요정들의 춤, 음악, 희극들을 원했다. 자신의 시들로 프로이센 정부에 많은 기여를 했던 하이네는 국외추방이 이루어지지 않았고, 두 사람의 직접적인 만남은 더 이상 성사되지 못했다. 나중에 밝혀진 바에 의하면 하이네는 1836년에서 48년까지 필리프 정부로부터 연금을 받고 있었다. 이 일 때문에 하이네는 그 후 마르크스와 엥겔스로부터 좋은 평가를 받지 못했다. 비록 프랑스 정부로부터 연금을 받고 있었지만 하이네는 그에 아무런 부담을 받지 않고 프랑스 언론과 계속 대결하면서 이러한 기사들을 비판적으로 작성했다.

마르크스가 프랑스에서 추방됨으로써 1843년 12월에서 45년 1월까지 지속되었던 마르크스와 하이네의 관계는 그 후 영영 단절되고 말았다. 물론 몇 번의 서신 교환이 있었으며 에버베크(Ewerbeck), 베어트(Weerth)와 같은 마르크스의 추종자들이, 그리고 엥겔스도 몇 번, 부분적으로는 마르크스의 부탁을 받고 파리의 하이네를 찾아오기도 했다. 그렇지만 더 밀접한 관계는 이루어지지 않았고 두 사람의 직접적인 만남은 더 이상 성사되지 못했다. 하이네에게는 새로운 체험과 인상들이 점점 더 강렬해졌다. 특히 그의 병이 계속 악화됨으로써 하이네는 다른 생각들을 품게 되었고, 시대적인 간격이 있어 정치적·인간적 상황을 달리 평가하게 되었다.

하이네는 마르크스와 친교를 맺기 전에 이미 생시몽의 사회 개혁 사상, 푸리에, 프루동, 루이 블랑의 사회 혁명적인 계획을 접함으로써 그의 정치의식이 첨예하게 되었다. 하이네가 특히 생시몽주의에 매료된 이유는 그 속에서 자코뱅적 엄숙주의의 극복, 육체를 해방하자는 그들의 요구, 예술과 학문, 감성과 정의의 결합 등을 엿볼 수 있었기 때문이다. 하지만 하이네는 소유권의 철폐를 유포하는 생시몽주의자들의 주장에는 비판적이었다. 1835년 독일 연방의회에 대한 경험도 부분적으로 그의 정치의식에 영향을 끼쳤다. 마르크스와 그의 부인 예니는 시를 무척 사랑했고, 또한 시에 대한 지식과 안목 또한 매우 높았다. 그들이 특히 사랑했던 시인은 사회 문제를 주제로 해서 대중의 혁명적 감정을 불러일으키고 그 의식을 깨울 수 있는 시인들이었다. 마르크스 부부는 하이네, 헤어베그(1817~75), 프라일리그라트(1810~76) 등의 소위 청년 독일파 시인들을 마치 부친처럼 조심스럽고 세심하게 대했다. 이러한 이유로 이들 시인들의 가장 뛰어난 작품이 생겨난 시기는 마르크스 부부와 가깝게 지내던 때였다. 마르크스 부부에게 직접 사상적인 영향을 받았던 시기와 연대적으로 일치하는 그들의 훌륭한 시는 결코 우연히 만들어진 것이 아니었다.

마르크스 부부는 하이네를 매우 높이 평가하고 그를 일반적인 잣대로는 잴 수 없는 사람으로 여겼다. 마르크스 부부는 급진 공화주의자 뵈르네의 공격으로부터 하이네를 옹호해주었다. 로베스피에르를 흠모한 뵈르네가 죽기 전 하이네에 대해 악의적이고 오만한 비방을 가했기 때문이다. 1840년 하이네는 3년 전에 죽은 루트비히 뵈르네에 대한 회고록을 발간했다. 뵈르네는 하이네와 같은 독일 출신의 유대인으로 조국 독일의 '민주화'를 위해 파리에서 활동하던 문인이었다. 하이네는 1815년 프랑크푸르트에서 이미 뵈르네를 만난 적이 있었는데, 그는 거기서 다른 많은 유태인들에게 안정되고 괜찮은 일자리를 마련해주고 있었다. 비슷한 출신 배경이지만, 둘의 정치적, 예술적 견해엔 근본적 차이가 있었으며 앙숙관계라 할 정도였다. 조급한 행동주의적 관점에서 예술과 철학을 혁명의 방해물로 간주한 뵈르네는 '도서관을 태우라! 50만 권의 책이 줄면 독일인은 더 현명해질 것이다'라고 말하기까지 했다. 하이네가 보기에 "뵈르네는 로베스피에르와 아주 비슷하다. 얼굴에는 불신이 도사리고 있으며 가슴에는 피에 주린 감상이, 머리에는 냉정한 개념들이 자리 잡고 있다…… 단지 뵈르네 손에는 기요틴이 없었을 뿐이다. 그는 말에서 도피처를 구할 수밖에 없었으며 오직 비방만 할 수 있을 뿐이었다."

반면에 뵈르네가 볼 때 하이네는 어디까지나 시인의 입장에서 현실 정치에 관심을 가진 데 불과했지 실제로 현실을 변혁하려는 사람은 아니었다. 그는 하이네가 어딘지 모르게 나약하며 동요하고 있다고 생각했다. 그는 하이네가 독일 망명자들의 모임에는 나타나지 않고 금융 재벌 로트실트 가의 사람들과 친하게 지내는 것을 못마땅하게 여겼다. 심지어 혁명의 성지를 둘러보는 대신 파리의 환락가에나 드나드는 하이네가 파리에 이주해서 어렵게 살아가고 있는 노동자, 소상인, 점원 들과 가까이 지내고 있는 뵈르네에게 좋게 보일 리 없었다. 드디어 뵈르네는 하이네의 감정을 건드리는 인신공격적인 발언을 하기에 이른다. 즉 보통 사람은 등이 한 개라서 한쪽에서만 운명의 타격을 받는 데 반해 하이네는 가엾게도 등이 두 개라서 귀족주의와 민주주의 양쪽으로부터 타격을 받는다는 것이다. 그래서 하이네는 이것을 피하기 위해 앞으로 또는 뒤로 도망치지 않을 수 없다는 것이다.

이전에 괴테파의 자기만족적인 예술관이 예술의 시대 참여에 방해가 된다고 보았던 하이네는 이제 뵈르네와 그 추종자들의 금욕적 공화주의, 단세포적 정치 환원주의가 감각론을 위협한다고 보았다. 특히 루이 필리프에 대한 하이네의 입장, 육체의 해방을 요구하는 생시몽주의자의 견해에 동의하는 그의 태도, 생을 즐기는 낙천적인 그의 태도, 그의 다양한 관심이 하이네와 뵈르네 사이의 관계를 악화시켰다. 뵈르네는 예술과 정치, 미와 진리는 결합할 수 없는 것이라고 보고, 양자의 결합을 시도하는 하이네를 진리에서 미(美)만을 사랑하는 귀족주의자라고 비판했다.

하이네는 마르크스의 부인 예니의 날카로운 비평과 세련된 지성을 높이 평가했다. 또한 마르크스는 쉽게 상처 받는 하이네가 이러저런 문학적 불화 때문에 위로가 필요할 때면 즐겨 그를 자기의 부인 예니한테 보냈다. 하이네는 자신의 작품을 완성하면 곧장 원고를 들고 마르크스 부부에게 달려가 비평을 요청하곤 했다. 이 작품 중에 하이네의 걸작으로 일컬어지는 「직조공의 노래」가 있다. 1844년 하이네는 부인 마틸데와 함께 다시 독일을 여행하면서 마르크스에게 다음과 같이 편지를 썼다. "조만간 한 권의 책이 나옵니다만 그 서두를 파리의 당신이 있는 곳으로 묘사할 것입니다. 아마 부인께서도 흡족해 하실 것입니다." 이것은 하이네의 『독일. 어느 겨울 동화』를 말하는 것으로 그 중 유명한 부분은 예니가 있는 자리에서 처음으로 읽었다. 그 시의 서두에 다음과 같은 유명한 부분이 나온다.

"오, 벗들이여, 그대들에게
새로운 노래, 더 나은 노래를 지어주겠노라!
우리는 여기 지상에서 이미
하늘나라를 세우려고 한다.

우린 지상에서 행복하게 살아가려 하며,
더 이상 궁핍을 원치 않는다.
부지런한 손이 번 것을
게으른 위가 탕진해서는 안 된다.

이 지상에는 모든 사람들을 위한
충분한 빵이 자라고 있어
장미와 도금양도, 미와 즐거움도
또 완두콩도 적지 않아."

하이네의 중심 사상이 위의 구절에 표현되어 있다. 이 부분은 내세의 행복을 위해 현세의 고난을 감내해야 한다는 기독교의 교리와는 달리 현세적·실제적인 행복을 추구하며 부의 공정한 분배를 바라는 민중의 소망이 담겨져 있다. 『독일. 어느 겨울 동화』에 나오는 '지상에서 하늘나라를 세우겠다'는 표현과 '부지런한 손이 번 것을 게으른 위가 탕진해서는 안 된다'는 표현은 『공산당 선언』의 기본 전제와 그 속의 "시민 사회 안의 일하는 구성원은 돈을 벌지 못하고, 돈을 버는 사람은 일하지 않기 때문이다."는 표현과 일맥상통한다. 하지만 하이네에게는 미와 즐거움이 필요했다. 당시 급진적 공화주의자나 공산주의자는 정치·경제 분야뿐만 아니라 문학과 예술 분야에서도 획일성을 강요했다. 하지만 가난한 사람들을 위한 빵도 필요할

뿐만 아니라 시인으로서는 이 지상에서 예술과 미적 삶의 향유도 필요했다. 당대 현실이 당면한 급박한 문제는 자본가들에게 착취당하는 노동자들의 빵이었지만 이것만으로는 하이네가 의도한 총체적 혁명이나 삶의 혁명을 충족시킬 수 없었다.

예니의 막내딸 에레아놀은 마르크스와 하이네가 교유하던 시기를 이렇게 기술한다. "하이네가 매일같이 찾아와 마르크스 부부에게 자신의 시를 낭독해 의견을 듣던 때가 있었다. 마르크스 부부는 하이네의 8행시를 여러 차례 반복해서 읽고 어느 한 행에 대해 장시간 검토하는 경우가 있었다. 모든 퇴고가 끝나고 어색한 부분이 고쳐질 때까지 그들은 시를 갈고 닦았다. 이것은 실로 어려운 작업이었다. 그도 그럴 것이 하이네는 여러 가지 비평에 대해 병적일 정도의 민감한 반응을 보였기 때문이다. 문인 중의 그 누구라도 지상에서 하이네의 감정을 자극하면 그는 눈물을 흘리며 마르크스에게 달려왔다. 마르크스는 그때마다 부인에게 도움을 청하지 않으면 안 되었다. 부인이 하이네를 만나 기지를 발휘하고 친절을 베풀면 시인의 상한 기분이 어느새 풀어졌다."

그렇지만 하이네는 항상 시에 대한 비평만을 위해 마르크스를 방문하지는 않았으며 때로는 그를 도와주기 위해 오기도 했다. 맏딸인 제니가 생후 6개월 째 되던 해에 갑자기 경련이 일어나 죽음 직전의 상황에 처하게 되었다. 마르크스 부부가 절망하고 있을 때 하이네가 찾아와서 응급처치를 하고 스스로 목욕물을 받아 제니를 목욕까지 시켜서 생명을 구해준 일도 있었다.

독일에 산업 근대화가 시작되던 무렵인 1844년 슐레지엔의 직조공들이 기계의 대체에 따른 억압과 착취에 항거하여 폭동을 일으킨 일이 있었는데 이를 소재삼아 하이네는 「슐레지엔의 직조공」이라는 시를 썼다.

"침침한 눈에 눈물도 말랐다.
그들은 베틀에 앉아 이를 간다.
독일이여, 우리는 너의 수의를 짠다.
우리는 그 속에 세 겹의 저주를 짜넣는다—
우리는 옷감을 짠다, 우리는 옷감을 짠다!

첫 번째 저주는 하느님에게
우린 추운 겨울에도 굶주리며 기도했건만
우리는 헛되이 희구하고 기다려 왔다
그는 우리를 원숭이처럼 놀리고 조롱했다—
우리는 옷감을 짠다, 우리는 옷감을 짠다!"

마르크스는 이 시에서 독일 반동정치에 대한 하이네의 분노를 보고서야 그를 '동지'라고 불렀다. 아울러 둘의 우정은 더욱 돈독해졌다. 이러한 사회적인 시는 마르크스와 엥겔스의 발전에 많은 도움이 되었다. 하늘에 대한 비판은 곧장 지상에 대한 비판으로 변모한다는 마르크스의 주장은 하이네적인 것일 수도 있다. 『독일. 어느 겨울 동화』에서 서술자는 독일 국경선에서 하프 타는 소녀를 만난다.

"사랑과 사랑의 아픔,
희생과 모든 고통이 사라지는
저 위, 더 나은 저 세상에서의
다시 만남을 노래했나.

곧 녹아 없어져 버리는
지상에서의 고난과 기쁨에 대해
영혼이 영원한 환희를 누리는
저 세상에 대해 노래했다.

그녀는 낡은 체념의 노래를
무례한 민중이 울고 보챌 때
얼러 잠재우는
하늘의 자장가를 불렀다."

하이네는 소녀의 노래에서 이 세상에서는 어차피 행복할 수 없으므로 저 세상에 가서나 행복하게 살겠다는 민중의 체념을 듣는다. 하늘의 자장가는 민중의 비판 의식을 잠재우는 가짜

힐링에 불과하다. 더구나 사제는 신자에게는 물을 마시라 하면서 자기는 뒤에서 술을 마시고, 신자에게는 돈을 멀리 하라 하면서 자기는 뒤에서 돈을 챙긴다.

미국의 하이네 연구가인 나이겔 리브는 세부에 이르기까지 마르크스가 하이네의 사상을 받아들였다는 것을 정밀하게 검증하고 있다. 또한 마르크스 비평가인 한스 카우프만은 운문서사시 『독일. 어느 겨울 동화』를 단테의 『신곡』, 괴테의 『파우스트』에 버금가는 걸작이라고 칭송하면서 그것이 26세가 된 마르크스의 활동에 대한 '일종의 시적 대응물'이라고 칭하고 있다. 하지만 마르크스는 하이네가 『독일. 어느 겨울 동화』에서도 다른 어디에서도 결코 따라갈 수 없는 사상적 행보를 시작하며 『공산당 선언』을 준비한다. 무엇보다도 마르크스와 하이네는 서로 방법과 목표 설정이 판이하다. 마르크스는 사실 이론가로서는 하이네보다 급진 공화주의자 뵈르네나 경향작가인 헤어베그에게 더 끌렸다. 하지만 시인으로서의 하이네는 경향작가들의 독선적 노선에 전적으로 찬성할 수는 없었다. 이 점에 대해 서술자는 『독일. 어느 겨울 동화』에서 다음과 같이 비유적으로 표현하고 있다.

"늑대 동지 여러분! 여러분은
결코 저를 의심치 않을 겁니다.
제가 개들 편으로 넘어갔다는

악당들의 꾐에 말려들지 않을 겁니다.

제가 변절하여 곧
양떼의 고문관이 되리라는 것,
그런 말에 응수한다는 건
저의 체통에 전혀 어울리지 않습니다.

몸을 데우려고 때때로 걸쳤던
양가죽은, 믿어주십시오,
결코 저로 하여금 양의 행복을 위해
열광하도록 하지 않았습니다.

저는 양도 아니고 개도 아닙니다.
양떼의 고문관도 대구도 아닙니다.
여전히 늑대로 남아 있습니다, 제 가슴과
이빨은 늑대의 것입니다."

이처럼 하이네는 늑대 편, 즉 경향문학 편이긴 하지만 그들의 견해에 전적으로 공감할 수는 없다. 하이네에게 정치문학은 단순한 정치적인 이념이나 정치적 목적을 전달하는 기능을 넘어, 불합리한 현실과의 논쟁과 투쟁인 동시에 문학의 토대가 된다. 하이네는 경향문학처럼 정치만을 문학의 소재로 삼는 문학의 정치화를 넘어 이것에 예술적 형식을 부여하여 정치를 문학화하고자 한다. 즉 그는 소재란 예술적 형상화를 통해 비로소 가치를 획득한다고 보았다. 하이네는 현실적 이념적 정당성 때문에 그것이 치명적인 결과로 귀결될 것이라는 두려움에도 불구하고 혁명의 필연성을 주장한다.

"이 낡은 세계는 오래 전부터 비판받아 왔다. 소박함이 사라지고 이기주의가 번성하고 인간이 인간에 의해 착취를 받아 온 낡은 세계가 타파되기를!"

하지만 혁명의 결과에 대해서는 하이네는 예술가로서 부정적인 생각을 갖고 있다.

"미래는 러시아 가죽 냄새, 피 냄새, 신을 부정하는 냄새, 무수한 채찍 냄새가 난다. 나는 후손들에게 두꺼운 등가죽을 가지고 태어나라고 충고하는 바이다."

하이네는 『독일. 어느 겨울 동화』의 마지막에 가서 자유로운 사상과 거리낌 없는 쾌락을 추구하는 신세대에 희망을 걸며, 봉건적인 왕을 경고하는 시인의 예언적 기능을 높이 평가한다.

"오, 왕이여! 난 당신에게 호의적이니

한 가지 충고를 하렵니다.
죽은 시인들은 그냥 존경만 하고
살아 있는 시인들은 건드리지 마시오.

살아 있는 시인들을 모욕하지 마시오.
그들은 알다시피 시인이 만들어낸
주피터의 번개보다 더 무서운
화염과 무기를 갖고 있으니까요"

마르크스주의 연구가들은 하이네의 혁명사상이 불철저한 것이 마르크스와의 교우기간이 짧았기 때문이라고 주장하지만, 정신적 영향 면에서 볼 때 21세 연상인 하이네가 오히려 마르크스에게 영향을 끼쳤고, 다만 마르크스는 굴러가는 바퀴처럼 하이네를 앞지르게 되었을 뿐이다. 하이네는 이미 마르크스와 만나기 전에 이미 프롤레타리아의 승리에 대해 확신하고 있었지만 1848년 마르크스와 엥겔스가 발표한 공산주의의 기본 원리에 모두 동조하지는 않았다. 당시 급진주의자 내지 공산주의자들은 절대적 평등관을 정치·경제·사회 분야에서뿐만 아니라 예술 분야에서도 주장했기 때문이다.

이들의 예술 적대주의에 대해 하이네는 『루테치아』 서문에서 다음과 같이 표현하고 있다.

"실제로 나는 전율과 공포에 가득차서 검은 우상의 파괴자들이 지배하게 될 때를 생각한다. 그들은 내가 애호하는 예술세계의 모든 대리석 상을 야만적인 주먹으로 파괴할 것이다. (……) 그리고 아! 내 『노래의 책』도 미래의 노파를 위해 커피나 코담배[2]를 담기 위한 잡화점의 종이봉지로 될 것이다. 아! 나는 모든 것을 예견하고 있으며, 나의 시와 전체 구세계 질서가 공산주의에 의해 위협받는다는 것, 즉 몰락하리라는 것을 생각할 때 비탄을 금할 길 없다."

이처럼 하이네는 민중 혁명의 필연성을 인정하면서도 동시에 예술 절멸 상태에 대한 두려움 때문에 공산주의와 거리를 취한다. 그는 프롤레타리아 독재 하에서는 개인과 개성, 예술 등이 존속하기 어렵다는 것을 예감한다. 하지만 하이네의 공산주의에 대한 불안은 벼락부자나 노동자를 착취하는 자본가의 불안과는 다른 것이다. 그가 정치적 해방을 위한 투쟁을 긍정적으로 보았지만 그에게 무엇보다도 더 중요한 것은 인간 존재 전체를 다루는 일이었다. 하이네는 육체적·물질적 욕구뿐만 아니라 정신적 예술도 충족될 때에야 비로소 삶은 가치가 있다고 여긴다. 『로만체로』에 나오는 시 「잃어버린 아이」에서 하이네는 그의 평생에 걸친 입장을 시로 표현하고 있다.

---

2 담배의 향기만을 맡고 즐기게 만든 가루 담배.

"해방 전쟁의 최전초를 나는
30년대 이래 충실히 지켜왔다.
승리하리란 희망도 없이 투쟁하였으며
몸성히 귀향하지 못하리란 것을 알고 있었다.

초소 하나가 비었구나! — 상처가 터진다 —
한 사람이 쓰러지면 다른 사람이 대신한다 —
나는 쓰러졌지만 패배하지 않았으며, 나의 무기는
부러지지 않았다 — 오직 내 가슴만 부서졌을 뿐."

이 시에서 하이네는 인간 해방전쟁의 용사로 참전해 쓰러지지만, 시적 주체의 고백은 완전한 절망의 표현이 아니라 오히려 그 반대로 전진을 의미한다. 시적 주체는 비록 해방전쟁에서 패배해 쓰러지지만, 또 다른 용사가 자신의 자리를 대신하리라는 확신을 품기 때문에 자신의 패배를 곧 해방전쟁의 참패로 간주하지 않는다.

노동자계급의 해방을 주장하는 모제스 헤스는 베르톨트 아우어바흐에게 보내는 1841년 9월 2일의 편지에서 마르크스를 가리켜 '루소, 볼테르, 홀바흐, 레싱, 헤겔, 하이네'가 어우러진 사람이라고 했다. 마르크스가 주장했던 모든 이론은 자신의 독창적인 이론이라기보다는 기존의 주장자들에게서 그것을 취득하여 면밀하게 손질하고 철저히 이론적으로 분석하여 내놓은 것이었다. 하이네는 1851년 모리츠 카리에르와 대화하던 중 마르크스의 이름이 거론되자 "결국 어떤 사람이 면도날밖에 되지 않는다면 그는 아주 보잘 것 없는 사람이오."라고 했다. 그래도 1854년 자신의 『고백』에 기록된 공산주의자들에 대한 하이네의 평가는 그다지 박하지는 않다. "독일 공산주의자들의 다소 비밀스러운 지도자들은 대단한 논리학자들이며, 그 중 가장 강력한 자들은 헤겔학파 출신이다. 그리고 그들은 의심의 여지없이 독일의 가장 유능한 사상가이자 가장 정력적인 인물들이다. 이 혁명적 박사들과 그들의 더없이 냉혹하고 단호한 사도들은 독일에서 유일하게 조금이라도 생기 있는 자들이다. 그리고 난 미래는 그들에게 속하리라 생각한다."

『공산당 선언』은 『독일. 어느 겨울 동화』의 기본 전제에서 한걸음 더 나아가고 있다. 『공산당 선언』의 기본 내용은 『자본론』 제1권이나 67살에 쓴 『고타 강령 비판』에서도 변하지 않기 때문에, 마르크스의 생애 전체를 대표하는 사상이었다고 말할 수 있다. 『공산당 선언』과 『독일. 어느 겨울 동화』 둘 다 봉건 타파, 속물 부르주아 비판, 혁명의 필요성, 종교의 거부에 공감하고 있다. 『독일. 어느 겨울 동화』가 독일의 봉건 영주, 물질주의에 경도된 속물 시민을 비판하고 있다면, 『공산당 선언』은 프롤레타리아 계급을 위해 부르주아 계급의 타도를 외치고 있다. 그리고 "유령 하나가 유럽에 돌아다니고 있다."는 『공산당 선언』의 유명한 첫 문장은 『독일. 어느 겨울 동화』에서 화자를 따라다니는 무시무시한 분신을 상기시킨다. 분신은 화자의 사고를 집행하는 행동의 역할을 한다. 화자의 분신은 봉건 군주에게 철퇴를 가하고, 공산주의라는 유령은 부르주아 계급을 깨뜨린다. 『독일. 어느 겨울 동화』에서의 화자와 그 분신은 『공산당 선언』에서 공산주의자와 그 분신인 프롤레타리아와 같은 관계이다. 그 유령의 생김새는 섬뜩하고 소름 끼친다.

1840년대에는 공산주의가 대체로 기독교의 급진적 전통이나 프랑스 대혁명에서 비롯되는 자코뱅적 합리주의의 극단과 동일시되었다. 마르크스는 하이네의 아이러니 수법을 이용해 『공산당 선언』에서 먼저 부르주아 계급과 현대 부르주아 사회에 찬사를 바친다. 당시 부르주아 계급은 급진 공화주의자들에 의해 사유재산과 이기주의의 화신으로 매도되었는데도 말이다. "부르주아 계급은 이집트 피라미드나 로마의 수도 시설, 고딕식 성당과는 전혀 다른 놀라운 업적을 이루었다." "부르주아 계급은 백년 남짓 계급지배를 하는 동안 과거의 모든 세대가 이룬 것을 모두 합친 것보다 더 대규모의 엄청난 생산력을 창출했다."

이렇게 부르주아 계급을 칭찬한 다음 마르크스는 부르주아 계급의 몰락과 프롤레타리아 계급의 승리가 똑같이 불가피하다고 말한다. 부르주아 계급은 자신에게 죽음을 가져올 무기를 벼렸고, 이 무기를 휘두를 사람들, 즉 노동자계급도 탄생시켰기 때문이다. 마르크스는 여성의 공유, 국적의 폐지, 재산과 문명의 파괴라는 공산주의자들에게 가해진 비난을 부르주아에게 되던진다. 하이네와 마르크스는 "종교는 민중의 아편"이라고 생각한다는 점에서는 견해가 일치하지만, 사유재산의 철폐, 프롤레타리아 계급의 독재라는 점에서는 견해를 달리한다. 하이네에겐 비판의 자유가 없는 사회란 상상할 수 없다. 그에게는 저 세상에도 천국이 없지만, 이 세상에도 천국은 없다. 더 나은 세상이 있을 뿐이다. 반면 현실 공산주의 사회는 지상천국을 건설했다고 억지 주장하면서 체제 비판을 절대 금지하며 자유를 억압하고 있다. 또한 다르게 생각하는 사람의 자유를 억압하는 것은 제대로 된 민주 국가라 할 수 없다.

하이네, 뵈르네, 마르크스의 견해는 프랑스 대혁명 지도자들의 견해와 비슷하다. 하이네는 미와 향락을 중시한 당통과 유사한 반면, 뵈르네는 로베스피에르를 모범으로 삼고 있다. 마르크스는 로마 가톨릭 거부, 사유재산 폐지를 주장한 에베르파와 유사하다. 하이네는 『아타 트롤』에서 경향문학 작가들의 도덕성과 종교심을 칭찬하지만 그들을 숲에서 뛰쳐나온 상퀼로트라 말한다. 하이네는 그들이 자기에게 가한 "재능은 있으되 인격은 없다."는 비난을 그들에게 뒤바꾸어 되돌려준다. 경향곰 아타 트롤에게 가한 이 같은 비난은 공산주의자에게도 해당한다고 볼 수 있다.

"춤은 볼품없었지만 고상한 신념이

털투성이 그의 가슴에 깃들어 있었으며
가끔 심한 악취를 풍기기도 했고
재능은 없되 인격은 있었다."

마르크스는 『공산당 선언』에서 사회주의라는 용어를 피하고 공산주의라는 용어를 선택한다. 그는 여러 가지 종류의 사회주의를 비판하고 공산주의를 주장하기 때문이다. 마르크스는 부르주아 계급에 충격을 가하기 위해 노동자계급을 유혹하는 봉건적 사회주의의 우스꽝스러운 모습을 서술하면서 프랑스 정통 왕당파들의 일부와 보수적인 '청년 영국파'의 진면목을 보여준다. 귀족이 대중을 자기 뒤에 결집시키기 위해 손에 깃발을 들고 프롤레타리아의 동냥자루를 흔들어댄다는 것이다. 그러나 "대중은 그들을 뒤따를 때마다 그들의 엉덩이에 낡은 봉건적 방패 문장(紋章)이 찍힌 것을 보고는 불경스럽게 큰 웃음을 터뜨리며 흩어졌다." 『공산당 선언』에 나오는 "그들의 엉덩이에 낡은 봉건적 방패 문장(紋章)이 찍힌 것"이란 표현은 하이네의 『독일. 어느 겨울 동화』에 나오는 다음 구절을 상기시킨다.

"투구는 중세를 그처럼 멋지게 상기시킨다.
가슴 속엔 충성심을 품고
엉덩이의 진중 근무복엔 방패 문장(紋章)이 찍힌
기사의 시종과 종자들을."

이렇게 봉건주의자는 그들의 착취방식이 부르주아 계급의 착취와 다르다는 점을 지적하면서도, 그들 역시 전혀 다른, 이젠 시대에 뒤진 상황과 조건 하에서 착취했다는 사실은 잊고 있다. 또한 그들은 자신들의 지배 하에서는 근대 프롤레타리아 계급이 존재하지 않았다는 점을 보여주면서도, 바로 그 근대 부르주아 계급이 그들 사회질서에서 나온 필연적 후예라는 사실은 잊고 있다.

그런데 마르크스는 봉건적 사회주의뿐만 아니라 기독교적 사회주의, 시스몽디를 지도자로 삼는 소시민 사회주의, 프루동의 부르주아적 사회주의, 게다가 속물을 모범으로 삼는 독일 사회주의나 오언과 푸리에의 비판적·유토피아적 공산주의도 거부한다. 이처럼 마르크스가 사회주의를 거부하고 단호히 공산주의를 주장하는 것은 당시 사회주의는 중간계급의 운동이었고, 공산주의는 노동자계급의 운동이었기 때문이다. 마르크스는 '노동자계급의 해방은 노동자계급 자체의 작업이어야 한다'는 견해였다. 마르크스 이전에도 계급투쟁을 말한 사람들은 있었다. 그러나 마르크스는 한 계급이 오로지 계급으로서 자신의 이익을 위해 싸우는 정치 조직을 만들 계획을 구상하고 성공적으로 실천했을 뿐만 아니라 그렇게 함으로서 정당과 정치적 투쟁의 성격을 완전히 바꾸어 놓았다. 고대 세계는 중세에, 노예제는 봉건제에, 봉건제는 산업 부르주아 계급에 길을 내어 주었다. 이러한 이행은 평화적으로 이루어지지 않았으며 투쟁과 혁명을 통해 탄생했다. 그도 그럴 것이 기존 질서가 싸우지 않고는 물러나주는 법이 없기 때문이다. 그리하여 이제는 단 하나의 계급, 기술 진보의 산물인 프롤레타리아 계급만이 땅도 재산도 없이 극빈상태와 노예상태에 놓이게 되었다. 이미 그들에겐 사유재산 자체가 사실상 무의미해졌고, 160년 전 이래로 부르주아 계급과 프롤레타리아 계급의 재산 격차는 갈수록 더 벌어지고 있다.

그러면 하이네가 바라는 혁명은 어떤 혁명인가? 그는 봉건 왕조를 타도하고 입헌 군주제를 세우기를 바란다. 이때 혁명의 주체는 부르주아나 프롤레타리아가 아니고 민중이다. 하이네가 속물 시민 하모니아와의 결합을 거부하는 것으로 보아 속물 시민을 거부하는 것은 분명하다. 사실 마르크스도 처음에는 부르주아 혁명을 말하다가 프롤레타리아 혁명으로 견해를 바꾸었다. 하이네가 혁명의 필연성을 주장하면서도 혁명의 결과를 두려워하는 것으로 보아 프롤레타리아 혁명을 말하는 것으로 생각되기도 한다. 원래 하이네는 공산주의 사회가 도래하면 예술이 완전히 도구화되거나 종말을 고하고, 따라서 자신의 시가 적힌 종이도 코담배나 커피를 담기 위한 종이 봉지로 될 것이라고 예언했지만 오히려 그의 시들이 말살될 것으로 여겨졌던 동독에서 서독보다 더 잘 보존되는 아이러니한 상황이 벌어졌다. 하지만 동독은 하이네가 평생 동안 고수한 예술의 비판적 자율성은 결코 인정하지 않았다. 동독 정부는 '죽은 하이네'를 사회주의의 선구적인 모범으로 숭배하면서 동독의 현실 사회주의와 서독의 자본주의를 신랄히 풍자한 '살아 있는' 볼프 비어만의 『독일. 어느 겨울 동화』는 혹독하게 비판했다. 동독 정부에 의해 시민권을 박탈당하고 재입국을 금지당한 비어만은 '만일 오늘날 하이네가 이곳에 태어난다면 그의 글은 건설출판사가 아니라 국가보훈처로 갈 것'이라고 꼬집어 말했다.

1960년대까지 무자비하고 잔인하긴 하지만 정력적인 근대성의 이미지와 동일시되었던 공산주의는 1989년 베를린 장벽의 붕괴, 1992년 소련의 몰락으로 중국과 북한, 쿠바를 제외한 전 지역에서 결국 급작스럽고도 볼썽사납게 역사에서 퇴장했다. 이 세 나라도 엄밀한 의미에서 마르크스가 지향한 공산주의가 아니라 봉건 독재국가와 비슷하다. 생산수단을 국유화하고 경제를 계획적으로 운영했지만, 정부 관료나 기업 경영자가 모든 주민이나 일반 근로자를 억압하고 지배했던 현실 사회주의는 마르크스가 생각한 공산주의는 아니었을 것이다. 당과 군, 보위부의 부패와 전횡은 자본주의 국가보다 훨씬 심하다. 계급이며 계급대립과 아울러 낡은 시민사회 대신 "우리는 각인의 자유로운 발전이 모두의 자유로운 발전을 위한 조건이 되는 하나의 결사체를 가지게 된다."는 마르크스의 말은 현실 공산주의에서는 공허하게 들린다. 또한 여성 고용의 증가와 훨씬 개인화된 정치적 관심사가 확대되고 다양성이 존중됨으로써 노동자계급을 당으로 전환하려는 열망도 사그라졌다. 머지않아 공산주의 사회가 도래할 것이라는 신념은 물론 미래의 공산주의 사회가 바람직할 것이라는 유토피아적 전망 또한 소멸했다.

이러한 새 시대에 『공산당 선언』의 원리는 더 이상 자동적으로 주목할 가치를 잃게 되었다. 하지만 이 책이 역사적인 중요성을 가진다는 점에는 이의가 있을 수 없다. 이 책은 우리에게 자본주의를 비판할 수 있는 관점을 제공하고 있다. 또한 부르주아 계급이든 프롤레타리아 계급이든 "한 시대의 지배적 이념은 언제나 지배계급의 이념일 뿐이었다."는 구절도 정당성을 잃지 않는다. 마르크스는 니체와 마찬가지로 법, 도덕, 종교에 부정적이다. 그것들은 프롤레타리아에게 많은 시민적 편견과 마찬가지이며, 그 뒤에는 똑같이 많은 시민적 이해관계가 숨어 있어 있기 때문이다. 마르크스는 근대 경제의 무제한적인 힘과 지구적인 확장력을 처음으로 환기했다. 사유재산의 폐지는 공산주의 사회에서 실패로 끝났지만 무거운 누진세의 적용은 대안으로 여전히 유효하다. 또한 시인으로서 하이네의 공산주의에 대한 예언은 시대를 훨씬 앞서 절묘하게 맞아떨어졌다고 할 수 있다.

하이네에게 중요한 것은 변화하는 시대 현실에 부단히 대응하는 것이었으므로 하이네의 미학에는 어떤 체계적인 완결성이 없다. 그는 시대 참여와 예술의 자율성을 별개의 것으로 보는 일면적 관점을 극복하려고 시도했다. 한편으로 그는 자기

만족적인 예술을 위한 예술에 맞서 예술과 실천 사이의 관계를 회복하려고 하며 다른 한편으로는 현실과 비판적 거리를 유지하려고 노력한다. 따라서 그는 지배 세력과 끊임없이 충돌할 수밖에 없었다. 하지만 그는 시대와 예술, 참여와 자율성의 완전한 일치라는 이상에 도달할 수 없었다. 그의 문학에서 우세한 것은 오히려 둘 사이의 긴장이라고 할 수 있다. 사실 예술이란 어떤 형식으로 나타난다고 해도 결코 예술과 현실 사이의 긴장을 제거할 수 없다고 볼 때 하이네의 문학은 예술과 시대에 대한 성찰을 포기하지 않았다는 점에서 지금 이 시점에도 여전히 현재성을 가진다고 볼 수 있다. 하이네가 때로는 예술의 시대 참여에, 때로는 예술의 자기 법칙성에 중점을 두는 것도 단순히 개인적인 자기 변화뿐만 아니라 객관적인 시대의 변화에 토대를 두고 있는 것이다.

독일. 어느 겨울동화

하인리히 하이네 지음

머리말

나는 이 작품을 올해 1월 파리에서 썼다. 그곳의 자유로운 공기 때문에 몇몇 부분은 원래 계획했던 것보다 훨씬 더 날카롭게 되었다. 나는 즉시 독일의 분위기와 양립되지 않는 것 같은 부분을 부드럽게 하고 삭제했다. 그런데도 3월에 함부르크에 있는 내 출판업자한테 원고를 보냈을 때 나는 여러 가지 우려할 만한 점이 있다는 지적을 받았다. 그래서 번거롭기는 하지만 작품을 또 한 번 고쳐 쓰는 수밖에 없었다. 그래서 진지한 음향들이 필요 이상으로 약화되거나 유머(Humor)의 방울[1]에 의해 너무 명랑하게 변했을지도 모른다. 그게 불만스러운 나머지 나는 창피를 무릅쓰고 노골적인 생각을 그대로 드러내 버렸다. 그래서 고상한 체 점잔빼는 사람들의 귀에 상처를 입혔다.

---

1 방울은 중세 때 기사나 귀족의 축제 의상을 장식하기 위해 쓰였는데, 나중에는 어릿광대 복장을 나타내는 특징이 되었다.

그게 유감스럽긴 했지만 나는 더 위대한 작가들도 비슷한 잘못을 저질러 왔다고 생각하며 자위했다. 그렇게 얼버무리기 위해 아리스토파네스를 언급하려는 것은 아니다. 왜냐하면 그는 맹목적인 이교도였기 때문이다.

아테네의 그의 관중은 사실 고전적인 교육을 받긴 했지만 예의에 대해서는 그다지 아는 것이 없었다. 세르반테스나 몰리에르를 증인으로 끌어들이는 것이 훨씬 나을지도 모른다. 세르반테스는 양쪽 카스티야 지역[2]의 귀족을 위해 썼고 몰리에르는 베르사유의 위대한 왕과 궁정을 위해 글을 썼던 것이다! 아, 나는 아주 시민적인 시대에 살고 있음을 잊고 있다. 유감스럽지만 나는 교양 있는 계층의 많은 딸들이 나의 보잘 것 없는 시를 읽고 이맛살을 찌푸릴 것이라고 예상한다. 하지만 내가 더욱 더 유감스럽게 예상하는 것은 바리새인[3]들의 비명 소리이다. 그들은 정부가 혐오스럽게 생각하는 것에 동의하고 있다. 검열에 사랑과 경의를 표하는 그들은 지엄한 통치자의 적이기도 한 자신의 적들과 논쟁이 필요할 때는 일간지에 제 목소리를 낼 수 있다.

---

2 스페인의 중앙 산악 지대는 하나의 산맥에 의해 구 카스티야와 신 카스티야로 나누어진다.

3 바리새인은 BC 2세기에 생겨난 유대교의 경건주의 분파를 말한다. 신약성서에서 이들은 오만과 위선 때문에 예수의 공격을 받았다. 초기 기독교도와 첨예하게 대립한 바리새파는 유대인 기독교인을 회당과 유대 사회에서 축출하고 추방하였으며, 기독교 전파와 형성을 유대교의 위험요소로 인지하여 기독교를 적극적으로 제지하였다.

흑색-홍색-금색 제복을 입고 있는 이런 영웅적인 노예의 불만에 대항하여 우리는 마음속으로 무장하고 있다. 나에게는 벌써 다음과 같은 그들의 술 취한 소리가 들린다. '너는 우리의 삼색기조차 모독하고 있다. 프랑스인의 친구인 너는 조국을 업신여기고 있다. 너는 그들에게 자유로운 라인 강을 내주려고 한다!' 안심하라. 난 너희들의 삼색기를 존중하고 존경할 것이다. 그럴 가치가 있다면, 그 색들이 더 이상 한가롭거나 노예적인 유희 짓거리가 아니라면 말이다. 흑색-홍색-금색 기(旗)가 독일적인 사고의 높은 곳에 접목되면 그것은 자유로운 인간성의 깃발이 된다. 그러면 나는 그것을 위해 나의 소중한 생명의 피를 바칠 것이다. 안심하라, 나는 너희들만큼이나 조국을 사랑한다. 이러한 사랑 때문에 나는 13년간 망명 생활을 했다. 그리고 바로 이러한 사랑 때문에 나는 다시 망명지로 되돌아간다. 어쩌면 영원히 고국에 다시 돌아오지 않을지도 모른다. 어쨌든 울상을 짓거나 입을 삐죽이며 우는 표정을 짓지는 않을 것이다.

나는 프랑스인들의 친구다. 왜냐하면 나는 분별 있고 선하기만 하면 어느 누구와도 친구가 되기 때문이다. 나는 휴머니즘의 소유자인 선택된 독일인과 프랑스인이 영국과 러시아의 안녕을 위해 또 지구상의 모든 지주와 목사들이 고소해 하도록 목숨을 바치는 것을 바라지 않는다. 이는 내가 그렇게 멍청하거나 악하지 않기 때문이다. 안심하라, 나는 결코 라인 강을 프랑스인에게 넘겨주지 않을 것이다. 그 이유는 아주 간단하다. 즉 라인 강이 우리 것이기 때문이다. 그렇다, 라인 강은 우리 것이다. 내가 태어나면서 얻은 권리이기 때문에 남에게 넘겨줄 수 없는 것이다. 나는 자유로운 라인 강의 훨씬 자유로운 아들이다. 그 강가에 내 요람이 있었다.[4] 나는 라인 강이 왜 그 고장 사람이 아닌 타지 사람들 것이 되어야 하는지 그 이유를 알 수 없다. 물론 나는 너희들처럼 알자스와 로렌을 쉽게 독일에 합병시킬 수 없다. 왜냐하면 그곳 사람들은 프랑스 혁명을 통해 얻은 권리로 인해 프랑스에 단단히 집착하고 있기 때문이다. 시민적 정서에 부합되는 평등권과 자유로운 제도 때문에 프랑스에 집착하고 있긴 하지만 많은 사람들의 마음속에는 무언가 불만이 많이 있다.

그래서 알자스와 로렌 주민들은 프랑스인들이 시작한 것[5]을 우리가 완수하면 다시 독일에 가담할 것이다. 우리가 벌써 사고 속에서 그랬듯이 프랑스인들을 실제로 능가한다면, 우리가 그 사고의 최종 결론을 낼 수 있을 정도로 향상된다면, 우리가 그들의 마지막 은신처인 하늘에 예속되는 것까지 물리친다면, 우리가 지상에서 인간 속에서 사는 신을 비천함에서 구해내고 신의 구원자가 된다면[6], 행복을 빼앗긴 가련한 민족과 조롱받

4 하이네는 1797년 뒤셀도르프에서 태어났다.
5 혁명의 위대한 과업으로 포괄적인 민주주의를 말한다.
6 프랑스어판에서는 "우리가 비참함을 지구에서 추방하게 된다면"으로 되어 있다.

는 수호신, 더럽혀진 아름다움을 우리의 위대한 거장들이 말하고 노래했듯이 또 우리 젊은이들이 바라듯이 다시 위엄 있게 한다면, 알자스와 로렌뿐만 아니라 프랑스 전체가 곧장 우리의 수중에 들어올 것이다. 또 전 유럽이, 전 세계가 독일화할 것이다! 독일의 이러한 사명과 세계 통치를 나는 참나무 아래를 거닐면서 종종 꿈꾸었다. 그것이 내 애국심이다.

나는 다음 책[7]에서는 결연하고도 가차 없이 어쨌든 충성심을 가지고 이러한 주제로 되돌아올 것이다. 애국심이 확신에서 비롯되는 것이라면, 나는 확실한 모순도 좋게 평가할 수 있을 것이다. 거칠기 짝이 없는 적개심조차 나는 참을성 있게 용서하려고 한다. 솔직한 의도에서 나온 것이라면, 나는 우둔함조차 용서하려고 한다. 반면에 나는 신조 없는 사람은 말없이 경멸한다. 즉 보기 흉한 질투심에서나 깨끗지 못한 개인적인 원한 때문에 공개적으로 나의 좋은 평판을 깔아뭉개려고 하면서, 종교나 도덕의 가면이 아닌 애국심의 가면을 이용하는 자를 경멸한다. 가끔 일군의 재주 있는 사람들이 정치적이고 문학적인 독일 언론계의 무정부적 상태를 이용했는데, 나는 그들을 경탄해 마지않았다. 정말이지 악당은 죽지 않았다. 그는 아직도 살아 있다. 몇 년 전부터 그는 잘 조직된 문학적 강도단의 우두머

---

7 『독일. 어느 겨울 동화』의 보충으로 생각하고 하이네가 1844년 5월부터 작업한 「독일에 대한 편지」를 말한다. 미완성으로 끝난 그것은 후에 『고백』(1854)에 부분적으로 삽입되었다.

리[8]로 있다. 문학적 강도단은 우리 일간 신문의 보헤미아 숲에서 위세를 떨치고 있다. 그들은 숲과 나뭇잎 뒤에 몸을 숨기고 누워 두목이 내는 조그마한 휘파람 소리에도 귀를 쫑긋한다.

한마디만 더하자. 『독일. 어느 겨울 동화』는 지금 호프만과 캄페사에서 발간된 『신시집』의 결말을 맺는다. 두 작품을 따로따로 출간할 수 있도록 내 출판업자는 시(詩)를 당국에 보여주고 시시콜콜 검열을 받아야만 했다. 시가 새로 변하고 삭제된 것은 이러한 좀 더 고상한 비판의 결과이다.

1844년 9월 17일

함부르크

하인리히 하이네

8 1838년부터 하이네를 격렬하게 공격한 청년 독일파의 우두머리 카를 구츠코(Karl Gutzkow, 1811~78)를 신랄하게 암시하는 것으로 보인다.

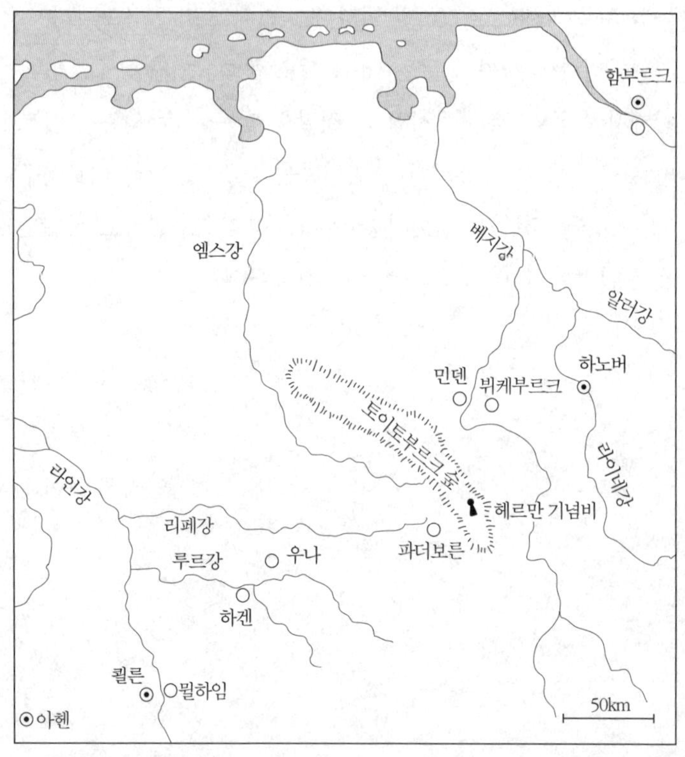
함부르크
엠스강
베저강
알러강
하노버
민덴
뷔케부르크
토이토부르크 숲
라이네강
라인강
헤르만 기념비
리페강
파더보른
루르강
우나
하겐
쾰른
뮐하임
아헨
50km
하이네의 독일 여행 지도

제1장

때는 서글픈 11월
날들은 더 흐릿해졌고,
바람이 나무로부터 잎을 떼어낼 때
나는 독일로 건너갔다.[1]

국경선에 가까워지자
내 가슴은 더 세차게
고동쳤고, 눈에는
이슬이 맺히기 시작했다.

---

1 하이네는 1831년 파리에 온 뒤 1843년 10월 21일 13년 만에 처음으로 독일로 여행했다. 토마스 만은 이 모티프를 이용하여 『토니오 크뢰거』의 주인공이 13년 만에 고향 뤼베크를 방문하게 한다.

독일 말을 들었을 때
묘한 기분이 들었고
가슴은 꽤나 기분 좋게
피 흘리는 느낌이 들었다.

하프 타는 소녀[2]가 노래 불렀다.
진실한 감정과 그릇된 음조로
허나 난 그녀 연주에
무척 감동받았다.

소녀는 사랑과 사랑의 아픔
희생과 모든 고통이 사라지는
저 위, 더 나은 저 세상에서의
다시 만남을 노래했다.

지상에 있는 비탄의 골짜기[3]에 대해
곧 녹아 없어져 버리는 기쁨에 대해
영혼이 영원한 환희를 누리는
저 세상에 대해 노래했다.

---

2 『아타 트롤』 11장에서도 국경에서 음이 맞지 않는 노래를 부르는 악사가 나온다.
3 시편 84장 6절에 나오는 유명한 문구인 '눈물의 골짜기'를 말한다.

그녀는 낡은 체념의 노래를
무례한 민중이 울고 보챌 때
얼러 잠재우는
하늘의 자장가[4]를 불렀다.

나는 그런 방식, 가사를 알고 있어
작사가들도 알고 있어.
그들이 몰래 술 마시며 남 앞에선
물을 마시라고 설교한 것을 알고 있어.

오, 벗들이여, 그대들에게
새로운 노래, 더 나은 노래를 지어주겠노라!
우리는 여기 지상에서 벌써
하늘나라를 세우려고 한다.[5]

우린 지상에서 행복하게 살아가려 하며

---

4 자장가와 결혼 행진곡의 대조는 하이네의 『꿈의 영상들』 7번에서도 모티프로 등장한다.

5 하이네에게 많은 영향을 준 생시몽(Claude Henri de Saint-Simon, 1760~1825)의 저서 『새로운 기독교』에 있는 말이다. 생시몽은 봉건 영주와 부르주아 계급의 계급투쟁으로 이어진 프랑스의 역사를 개선하여 양쪽이 협력, 지배하는 계획 생산의 새 사회제도를 건설해야 한다고 주장하였다. 그의 사상은 천재적이었지만, 종교적·도덕적이고 공상적인 것이었다. 그의 사상은 마르크스와 엥겔스의 사회주의 이념과 존 스튜어트 밀의 사상에 영향을 주었다. '지상의 하늘나라'란 표현은 존 밀턴이 『실낙원』에서 맨 처음 사용했다.

더 이상 궁핍을 원치 않는다.
부지런한 손이 번 것을
게으른 위가 탕진해서는 안 된다.[6]

이 지상에는 모든 사람들을 위한
충분한 빵이 자라고 있어
장미와 도금양[7]도, 미와 즐거움도
또 완두콩[8]도 적지 않아.

그래, 콩깍지가 터지자마자
모두를 위한 완두콩이 나온다!
하늘은 천사나
참새들에게나 맡겨 버리자.

죽은 후 날개가 생기면
우린 너희들을 찾아가련다.
저 위에서, 우리들은 너희들과
지극히 복된 파이와 케이크를 먹으련다.

---

6 배는 왕과 귀족, 손은 농민과 수공업자에 대한 비유이다. 하이네는 로마의 역사가 티투스 리비우스의 위(胃)와 위에 혁명을 일으키는 사지(四肢)에 대한 비유를 다르게 표현하고 있다.

7 장미와 도금양은 아름다움과 쾌락을 상징한다.

8 어린이들이 즐겨 먹는 완두콩을 말한다.

새로운 노래, 더 나은 노래가
플루트와 바이올린처럼 울리누나!
통회의 기도[9]는 사라지고
조종(弔鍾)은 침묵한다.

자유라는 아름다운 정신과
처녀 유럽은 약혼했다.[10]
둘은 껴안고 누워
첫 입맞춤에 황홀해한다.

사이비 목사의 축복이 없어도
결혼은 응당 유효할 것이다.
신랑과 신부, 그리고 태어날
자식들에 복 있을 지어다!

내 노래는 결혼 축가다,
더 좋고 새로운!
최고로 신성한 별들이

---

9 미세레레(Miserere). 다윗의 통회 시편 51편 서두의 내용을 말한다. 장례 미사에서 불리는 통회 시편에 자주 곡이 붙여졌다.

10 유럽과 자유의 정신과의 약혼은 26장에 가서 하모니아와 작가의 정신과의 약혼과 비교된다.

내 영혼에 떠오른다.

감격한 별들, 거칠게 타오르며
화염의 시내에 녹아내린다.
놀랍게도 새로 힘이 나서
참나무[11]도 꺾을 것 같구나![12]

독일 땅에 들어서고부터
온 몸에 마법의 액체가 흐른다.
어머니 대지에 다시 발을 디디니[13]
거인은 새 힘이 솟구쳤다.[14]

---

11 참나무는 옛 독일의 상징으로서 하이네는 종종 배타적이고 편협하며 복고적인 독일의 민족주의를 참나무의 비유를 통해 조롱하곤 했다.

12 프랑스어판에서는 "나는 낡은 독일이라는 100년 된 참나무도 꺾을 수 있겠다."로 되어 있다. 1832년과 1933년 사이에 하이네는 이렇게 썼다. "과거의 독일은 아무튼 그런 나무를 자신의 상징으로 삼고자 했다. 새로운 독일은 더 나은 상징이 필요하다."

13 하이네는 여기서 자신을 그리스 전설에 나오는 거인인 안타이오스(Antäus)로 비유하고 있다. 그 거인은 헤라클레스와 싸울 때 그의 어머니인 '대지'에 발이 닿으면 새로운 힘을 얻었다. 그래서 헤라클레스는 그를 공중에서 목 졸라 죽였다.

14 하이네는 1843년 12월 29일 자신의 출판업자 캄페에게 보낸 편지에서 이렇게 쓰고 있다. "여행 중에 시도 많이 썼어요. 독일의 공기를 맡으면 시가 더 수월하게 써지더군요."

제2장

그 어린 소녀가 천국의 즐거움을
노래하고 연주하는 동안
프로이센 세관원[1]들이
내 가방을 검사했다.

킁킁거리며 모든 것에 냄새 맡았고,
내의며 바지, 손수건을 뒤졌다.
뾰족한 물건이나 보석류들
또한 금서(禁書)가 있는지도 찾아보았다.

---

1 트리어, 쾰른, 아헨을 포함한 라인 지역은 빈 회의(1814~15)에 의한 영토 재편 이후 프로이센에 속했다. 그리하여 1815년부터 프로이센 세관원이 아헨 근처 국경선에서 근무했다.

너희 바보들, 그런 것을 가방에서 찾다니!

거기선 아무것도 못 찾을 걸!

나와 함께 여행하는 밀수품을

난 머릿속에 숨겼으니까.

난 브뤼셀과 메헬른산 레이스[2]보다

더 정교한 독설을 머릿속에 갖고 있어

언젠가 그 독설을 풀어 놓으면

그것은 너희들을 찌르고 할퀼 거야.

난 머릿속에 보석을 갖고 다녀

미래의 다이아몬드 왕관을

새로운 신, 미지의 위대한

신[3]을 모실 신전의 보물을.

또 내 머릿속엔 많은 책들이 들어 있어!

너희들에게 장담할 수 있어

압수될 책들이 든 내 머리는

---

2 독일어 'Spitze'에는 '레이스, 뾰족한 끝, 독설'이라는 세 개의 뜻이 있다. 하이네는 이 'Spitze'로 언어 유희를 하고 있다.

3 사도행전(17장, 23장)에 대한 암시. 바울은 여기서 아테네 사람들에게 미지의 신을 알리겠다고 언약했다.

지저귀는 새들의 둥지다.

내 말을 믿어다오, 악마의 도서관에도
이보다 더 사악한 책은 없을 거야.
호프만 폰 팔러스레벤[4]의 노래보다
더 위험한 것이지!

내 옆에 서 있던 어느 행인이 말했다.
거대한 관세의 사슬인
프로이센 관세 동맹[5]이
이제 맺어질 거라고.

"관세 동맹은……" 그가 말했다.
"우리 민족성의 토대가 될 것이며
분열된 조국을 하나의 전체로
묶어 줄 것이오.

---

4 팔러스레벤(Hoffmann von Fallersleben, 1798~1874). 『독일의 노래*Deutschlandlied*』의 작가. 1830년부터 브레스라우(현재 폴란드령 브로츠바프)의 어문학 교수였던 그는 자유주의적이고 비정치적인 그의 노래(1840/41)가 나온 이후 교수직에서 쫓겨났다. 단순하면서도 매력적인 그의 운문은 조국애와 동포애를 담고 있어 독일 학생운동에 큰 영향을 끼쳤다.

5 대부분의 독일 국가들이 프로이센의 주도 하에 맺은 관세 동맹이 1834년 1월 1일부터 효력이 발생했다.

관세 동맹은 우리에게 외적 통일을
소위 물질적 통일을 가져다주고
검열[6]은 정신적 통일을
진정 이념적 통일을 가져다줄 겁니다.

그것은 우리에게 내적 통일을
사고와 감각의 통일을 가져다줄 겁니다.
우리에겐 하나 된 독일이 필요합니다,
안팎으로 하나 된 독일 말이오."

---

6 1815년의 독일 연방 약관(Bundesakte)에서 모든 국가에 대한 언론 자유를 보장했다. 그러나 1819년 9월 20일에 카를스바트 협약으로 검열이 다시 도입되었다.

제3장

아헨의 오래된 성당에

카롤루스 마그누스[1]가 묻혀 있다.

(그를 슈바벤에 살고 있는 카를 마이어[2]와

혼동해서는 안 된다.)

나는 죽어서 황제로

아헨 성당에 묻히고 싶지 않다.

차라리 네카 강변 슈투케르트[3]의

보잘것없는 시인으로 살고 싶다.

---

1 카를 대제(Karl der Große, 742~814). 카를 대제는 768년부터 814년까지 프랑켄의 왕이었으며 800년부터 로마 황제였다. 그는 아헨을 나라의 중심지로 삼았다.

2 카를 마이어(Karl Mayer, 1786~1870). 슈바벤 작가단의 일원인 그는 대단치 않은 작가로 하이네에 의해 자주 조롱받았다.

3 슈투트가르트(Stuttgart)를 일컫는 슈바벤 사투리.

아헨 거리에는 개들이 심심해하며
공순하게 애원한다.
오, 낯선 분이여, 우릴 걷어 차 주시오.
그러면 기분이 좀 풀릴지도 모르겠소.

이 심심한 둥지에서 난
한 시간 가량 어슬렁거렸다.
프로이센 군대를 다시 보았는데
그다지 달라지지 않았다.

그들은 높고 붉은 옷깃에
아직 회색 외투를 입고 있다.
(붉은색은 프랑스인의 피를 의미한다고
이전에 쾨르너[4]가 노래했다.)

여전히 어설프고 옹졸한 무리이다.
여전히 동작마다
직각이고, 얼굴에는
얼어붙은 자부심이 배어 있다.

---

4 쾨르너(Theodor Körner, 1791~1813). 그는 그의 시들에서 나폴레옹에 대항하여 자유를 쟁취하기 위해 싸우자고 촉구했다. 그는 뤼츠코프 자유단의 일원이었다. 그는 『검은 사냥꾼의 노래』에서 이렇게 쓰고 있다. "사람들은 너희들한테 묻는다. 이 붉은 색이 무엇을 의미하느냐고. 그것은 프랑켄의 피를 뜻한다."

그들은 언젠가 자기들을 두들겨 팬
몽둥이를 삼키기라도 한 듯
여전히 뻣뻣한 자세로
잔뜩 멋 부리고 꼿꼿이 걷는다.

그렇다, 형벌용 군도[5]가 완전히 사라지지는 않았다.
이젠 몸 안에 지니고 다닌다.
친밀한 '너'라는 호칭은 여전히
예전의 '자네'[6]라는 호칭을 상기시킬 것이다.

긴 콧수염은 실제
옛 변발[7]의 새로운 모습일 뿐.
예전에 뒤로 길게 드리워졌던
변발이 이젠 코밑에 달려 있다.

기병들의 새 복장[8]은 썩 마음에 들었다.
칭찬하지 않을 수 없다.

---

5 날이 넓고 뭉툭한 군도. 1806년까지도 프로이센 군대에서는 칼로 때리는 형벌이 종종 가해졌다.

6 18세기 말까지 낮은 계층의 사람들한테 '자네'라는 호칭으로 말을 걸었다.

7 변발은 1713년에 프로이센 군대에 도입되어 19세기 초에 사라졌다.

8 프리드리히 빌헬름 4세(Friedrich Wilhelm, 재임 기간 1840~61)가 1842년 새로운 복장을 도입했다.

특히 군모를, 꼭지에
뾰족한 쇠붙이가 달린 투구를

투구는 매우 기사다워서
예전의 사랑스러운 낭만주의를 상기시킨다.
성주 부인 요한나 폰 몽포콩[9]
푸케 남작, 울란트, 티크[10]를.

투구는 중세를 그처럼 멋지게 상기시킨다.
가슴 속엔 충성심을 품고
엉덩이의 진중 근무복엔 방패 문장(紋章)이 찍힌
기사의 시종과 종자들을.

투구는 십자군 원정과 마상 무술 시합을
중세 기사의 사랑과 경건한 봉사를
인쇄술이 없어 아직 신문이 없었던
신앙의 시대를 상기시킨다.

---

9 코체부에(August von Kozebue, 1761~1819)의 연극으로 기사에 대해 다루고 있다.

10 푸케(Friedrich de la Motte-Fouqué, 1777~1843)는 낭만파 작가로 동화 『운디네』를 썼다. 울란트(Ludwig Uhland, 1787~1862)는 낭만주의를 계승하려는 '낭만주의 학파'의 일원이었다. 하이네는 이들은 번번이 풍자의 대상으로 삼았다. 울란트의 작품은 19세기 말과 20 세기 초에 많이 읽혔다. 티크(Ludwig Tieck, 1773~1853)는 독일 낭만주의를 대표하는 작가다. 나중에 가서는 비더마이어의 취향에 순응했다.

그래, 그래, 최고의 기지를
보여주는 투구는 마음에 든다!
황제의 착상이었지!
핵심이 없지는 않다, 뾰족한 끝이!

다만 뇌우가 생길 때 우려된다,
그처럼 뾰족한 끝이
하늘의 가장 현대적인 번개를
쉽게 너희들 낭만적인 머리 위로 끌어내릴까 봐!

아헨의 우체국 현판에서
다시 그 새[11]를 보았다.
가증스럽기 짝이 없는 것!
아주 독살스럽게 나를 내려다보는구나.

너 가증스런 새야! 언젠가
내 손에 잡히면
깃털을 뽑아내고
발톱을 토막 내 버릴 거야.

---

11 프로이센의 상징 동물인 독수리를 말한다.

그러면 넌 높이 허공에

홰 위에 앉아 있어야 해.

그리고 난 즐거운 사격 대회를 위해

라인 지방의 조류 사격 회원[12]들을 부를 거야.

새를 쏘아 맞히는 장한 남자에게

난 왕홀과 왕관을 수여하겠어!

우린 팡파르를 울리며 외칠 거야.

"왕 만세!"라고.

12 라인의 주들은 자유주의적인 저항의 중심지로 간주된다.

제4장

저녁 늦게 쾰른에 도착하니
라인 강 물소리 솨솨거렸고
벌써 독일의 공기가 살랑이며 불어왔다.
그때 난 공기의 영향을 느꼈다.

내 식욕에 대한 영향을. 난 쾰른에서
햄이 든 오믈렛을 먹었다.
그런데 너무 짜서
라인 포도주도 마셔야 했다.

녹색의 불룩한 유리잔 속에서
라인 포도주는 여전히 금빛으로 빛난다.
너무 과하게 마시게 되면

술 냄새가 고약해진다.

알딸딸하게 취기가 돌게 되면
환희에 겨워 어쩔 줄 모르게 되나니!
취기에 밖으로 나가고 싶은 충동이 생겼다.
어둠이 깔린 밤으로, 발소리 울리는 골목으로

돌로 지은 집들이 나를 바라보았다.
아득히 먼 옛날의 전설
성스러운 도시 쾰른의 이야기를
내게 보고하려는 듯.

그래, 이곳에서 언젠가 성직자 무리가
경건하게 활개를 쳤지.
울리히 폰 후텐[1]이 기술한
어둠의 남자들[2]이 이곳을 지배했지.

---

1 후텐(Ulrich von Hutten, 1488~1523). 독일 프랑켄 출신의 기사, 인문주의자. 독일의 애국자이자 풍자작가이며 루터의 주장을 지지한 것으로 유명하다. 격동적인 종교개혁의 시대상을 반영하듯 그의 쉼 없는 모험적인 인생은 펜과 칼을 겸비한, 공적이고 사적인 싸움들로 점철되어 있다. 후텐은 3월 혁명 전 시대(1815~48)에 작가의 정치적 참여에 대한 역사적인 모범으로 간주되었다.

수녀와 사제들이 이곳에서
중세의 캉캉 춤[3]을 추었다.
쾰른의 멘첼[4]인 호흐슈트라텐[5]이
여기서 독기 어린 밀고의 글을 썼다.

장작더미의 화염이 이곳에서
책과 사람들을 집어삼켜 버렸다.
그럴 적에 종소리가 울렸고
'주여, 불쌍히 여기소서'가 들렸다.

우둔과 사악함이 이곳에서 들러붙었다.
탁 트인 골목에서 개들이 그러하듯
신앙을 증오하는 걸 보고

---

2 1515~17년에 쾰른의 신학자를 조소한 「어둠의 남자들의 서한」이 익명으로 발표되었다. 어둠의 남자들은 특히 인문주의자 로이힐린(1455~1522)과의 대결에서 모든 유대의 책을 소각하라는 요구를 한 유대인 페퍼코른을 지원한 쾰른의 도미니크 수도사들을 의미한다.

3 알제리에서 유래한 정열적인 춤으로 음란한 춤으로 인식되기도 했는데 1830년 무렵에 파리에서 유행했다. 여기서는 종교적인 광신주의를 빗대어 표현하고 있다.

4 볼프강 멘첼(Wolfgang Menzel, 1798~1873). 그의 〈문학잡지〉(1825~48)에서 괴테에 반대하는 논쟁을 일으켰다. 그는 괴테에게 민족적인 성향과 도덕적인 진지성이 부족하다고 공박했다. 7월 혁명 후 그는 청년 독일파를 매도했다. 처음에는 멘첼과 좋은 관계를 유지했던 하이네는 나중에 그를 여러 번 날카롭게 공격했으며 배반자라고 비난했다.

5 호흐슈트라텐(Jacob van Hoogstraeten, 1460년경~1527). 도미니크 수도회의 쾰른 수도원 원장으로 쾰른, 마인츠 및 트리어 지역의 심문 책임자였다. 페퍼코른의 요구를 받고 유대 책을 넘겨주는 데 많은 애를 썼기 때문에 많은 비난을 받았다.

오늘날에도 그 후손을 알아볼 수 있다.

하지만 보아라! 달빛을 받으며
저기 우뚝 솟은 녀석을!
무척 시커멓게 솟아 있는
저것이 쾰른 대성당이다.

그건 정신의 바스티유 감옥[6]이 될 운명이었다.
그리고 교활한 가톨릭 성직자들은 생각했다.
이 거대한 감옥에서
독일의 이성이 사그라질 거라고.

그때 루터가 나타나서 큰 소리로
'멈추어라!' 하고 말했다.
그때부터 성당 건축이
중단된 채로 있었다.

성당이 완성되지 않은 건 잘된 일이다.
그도 그럴 것이 바로 미완성된 사실이
성당을 독일의 힘과 신교적 사명의

---

6 프랑스의 감옥으로 사용된 파리의 견고한 성. 1789년 7월 14일 바스티유 감옥을 공격함으로써 프랑스 대혁명이 시작되었다.

기념비로 만들었기 때문이다.

성당건설협회의 불쌍한 녀석들
너희들은 약한 손으로
중단된 건축 사업[7]을 속행해서
낡은 압제의 성채를 완성하려는구나!

오, 어리석은 망상이다!
헌금 주머니를 털어도 허사고
심지어 이단자나 유대인에게도 구걸하는구나.
모두 부질없고 공허한 일이다.

저 위대한 프란츠 리스트[8]가 성당 건축을 위해
음악 연주를 해도 헛일일 것이다.
그리고 어느 재주 많은 왕[9]이
열변을 토해도 헛일일 것이다!

---

7 1248년에 시작된 쾰른 대성당 건축 작업이 종교개혁으로 중단된 상태에 있었다. 1842년 2월 괴레스(Joseph Görres, 1776~1848)와 보아서레(Sulpiz Boisserée, 1783~1854)가 옛 설계 도면을 공개함으로써 재건축에 대한 관심이 일깨워졌다.

8 리스트(Franz Liszt, 1811~66). 작곡가이자 피아니스트. 재건축을 위한 초석을 놓은 뒤인 1842년 9월 13일 연주회를 열어 그 수익금을 건축 헌금에 썼다.

9 프리드리히 빌헬름 4세는 1842년 9월 4일 초석을 놓으면서 일장 연설을 했다.

쾰른 성당은 완성되지 못할 것이다
슈바벤의 얼간이들이
공사 속개를 위해 한 배 가득
돌을 보냈다 해도.[10]

까마귀와 올빼미[11]가 아무리 아우성쳐도
그것은 완성되지 않을 것이다.
케케묵은 생각을 지닌 이들은
높은 교회 탑 안에 머물기를 좋아한다.

그렇다, 그걸 완성하기는커녕
심지어 성당의 내부 공간을
마구간으로 활용할 날이
올 것이다.

"성당이 마구간으로 쓰인다면
저 속 성합(聖盒) 안에 영면하고 있는
성삼왕(聖三王)[12]을 우리는

---

10 슈투트가르트의 성당 건축 추진위원회는 슈바벤을 내려다보는 창을 짓기 위해 하일브론에서 돌을 실은 배를 보냈다. 그와 아울러 슈바벤의 시인 피처(Gustav Pfizer, 1807~90)의 편지도 함께 왔다.

11 까마귀와 부엉이는 여기서 반동 세력을 말한다. 초고에는 그 대신 정치적인 문필가인 베네다이(Jacob Venedey, 1805~71)의 이름도 들어 있다.

어떻게 해야 할까?”

그렇게 묻는 소리가 들린다. 하지만
우리 시대에 성가심을 당할 필요가 있을까?
동방에서 온 성삼왕,
그들은 어디 다른 데 묵어도 된다.

내 충고를 따라라, 그리고 그들을
성 람베르티라 불리는 뮌스터의
높은 탑에 걸린
세 개의 쇠 바구니[13]에 집어넣어라.

슈나이더 왕이 그 안에 앉아 있었다.
그의 두 시종과 함께
하지만 이제 우린 그 바구니에
다른 폐하를 위해 이용한다.

---

12 마태복음 2장 1~12절에 나오는 동방박사들을 말한다. 선물이 세 개였기 때문에 그들 숫자는 세월이 흘러가는 사이에 세 명으로 고정되었다. 6세기에 가서 벌써 그들은 왕으로 지칭되었다. 그들은 나중에 카스파르, 멜히오르 및 발트하자르라는 이름을 얻게 되었다. 1164년에 소위 성유물을 라인하르트 폰 다셀이 밀라노에서 쾰른으로 보냈다. 성유물 상자는 오늘날 쾰른 성당의 본 제단 뒤에서 볼 수 있다.

13 1534년과 1535년까지 뮌스터에서 재세례 운동의 지도자들인 요한 판 라이덴(Johann van Leyden), 크니퍼돌링크(Knipperdollinck), 크레히팅(Krechting)은 처형된 뒤 쇠로 된 바구니에 넣어져 전시되었다. 그 세 개의 바구니는 뮌스터에 있는 람베르티 교회의 탑에서 오늘날에도 볼 수 있다.

오른쪽엔 발트하자르 나리가
왼쪽엔 멜히오르 나리가 떠 있어야 한다.
중앙엔 카스파르 나리가 — 신은 알고 있다.
세 명이 생전에 어떻게 살았는지!

지금 성도 명부에 들게 된
동방의 신성 동맹, 그것은 아마
언제나 방성하고 경건히게
행동하지는 않았으리라.

발트하자르와 멜히오르
그들은 어쩌면 두 명의 사기꾼이었을 것이다.
궁지에 처해 제국에
헌법을 약속한.

그리고 나중에 약속을 지키지 않았다.
배은망덕하게도 그의 어리석은 백성을
속인 자는 아마 무어족의 왕인
카스파르 나리였을 것이다!

제5장

라인 강 다리에 도착해
항구의 보루에 가보니
은은한 달빛을 받으며
아버지 라인 강[1]이 흐르고 있었다,

아버지 라인 강이여, 인사 받으십시오.
그동안 별고 없었습니까?
나는 그리움과 갈망을 품고
종종 아버지를 생각했습니다.

이렇게 말했더니, 물속 깊은 곳에서

1 작가의 자아와 아버지 라인 강이 의인화되어 대화를 나누는 수법은 하이네의 시대에 사랑받는 예술적 형식이었다.

아주 기이하게 언짢은 투의 음이 들렸다.
늙은이의 잔기침처럼
그르렁거리는 잔잔한 신음 소리가.

"잘 왔구나, 내 아들아
나를 잊지 않았다니 반갑구나.
너를 못 본 지 13년이 되었구나
그동안 내 형편은 좋지 않았다.

비버리히에서 난 돌멩이를 삼켰는데[2]
정말이지 맛이 좋지 않더구나.
허나 뱃속에 니클라스 베커[3]의 시구(詩句)가
들어 있는 게 더 거북하단다.

그는 나를 찬양했단다, 마치 내가

---

2 비버리히(Biebrich)는 비스바덴(Wiesbaden)의 교외에 있다. 거기서 헤센-나사우 정부는 마인츠로부터 라인 강 교역을 끌어오기 위해 자유항을 건설했다. 다름슈타트 정부가 이에 항의를 했지만 뜻대로 안되자 1841년 2월 28일 밤에 쾰른 성당을 건축하기 위해 싣고 온 돌멩이를 라인 강에 쏟아붓고 배도 침몰시켰다. 그리하여 비버리히의 항구 입구는 돌멩이로 꽉 막히게 되었다.

3 니클라스 베커(Niklas Becker, 1809~45). 프랑스에서는 라인 강을 독일과 프랑스의 국경선으로 삼으려고 하지 않았다. 그런데 1840년 법원 서기 베커가 쓴 「독일의 라인 강」이라는 시는 독일 민족주의자들의 프랑스에 대한 분노를 잘 드러내고 있다. "그대는 자유로운 독일의 라인을 가져선 안 된다." 하이네는 이 시를 조롱의 대상으로 삼았다.

명예의 조그만 화관을
아무한테도 빼앗기지 않은
아주 순수한 처녀인 양.

그 멍청한 노래를 들을 때면
내 흰 수염을 쥐어뜯고 싶단다.
난 정말이지 내 자신 속에
빠져 죽고 싶은 심정이란다!

내가 순결한 처녀가 아니란 사실은
프랑스인들이 더 잘 알고 있다.
그들은 그토록 자주 내 물을
그들 승리자의 하천과 섞었거든.[4]

어리석은 노래, 어리석은 녀석이여!
그는 지독하게 나를 모욕했다.
또한 정치적으로 내 명예를
어느 정도 실추시켰다.

그도 그럴 것이 이제 프랑스인들이 다시 돌아오면

4 프랑스 혁명군이 1792년 라인 강 좌안을 점령한 사실과 1806년 나폴레옹이 라인란트를 정복한 사실을 암시함.

난 그들 앞에서 얼굴 붉혀야 하니까.
그들이 돌아오기를 눈물 흘리며
그토록 자주 하늘에 부탁했던 내가 말이다.

난 사랑스러운 조그만 프랑스인들을
늘 매우 좋아했단다.
그들은 아직 예전처럼 노래 부르고 뛰어다니느냐?
아직 흰색 바지를 입고 다니느냐?[5]

그들을 다시 보고 싶지만
날 조롱할까봐 겁나구나,
빌어먹을 그 노래 때문에,
그 치욕 때문에 말이다.

알프레드 드 뮈세[6], 그 불량배가
아마 고수(鼓手)로서
선봉에 서겠지, 그리고
야비한 익살을 잔뜩 늘어놓겠지."

---

5 1829년부터 프랑스 보병은 그때까지 흰색이던 유니폼을 붉은색으로 바꾸었다.
6 뮈세(Alfred de Musset, 1810~57)는 베커의 라인 노래를 날카롭게 반박하는 시를 썼다. "우리는 너희 독일의 라인을 가졌다."

불쌍한 아버지 라인은 이렇게
하소연했지만 만족할 수 없었다.
아버지 마음을 달래주려고
난 많은 위로의 말을 해주었다.

"오, 두려워 마세요, 나의 아버지 라인이여,
프랑스인들의 조롱 섞인 농담을.
그들은 더 이상 옛날의 프랑스인들이 아니랍니다.
바지도 다른 것을 입고 다녀요.

흰색이 아닌 붉은색 바지를 입고[7]
단추도 다른 것을 달았답니다.
더 이상 노래 부르지도 뛰어다니지도 않아요.
생각에 잠겨 머리를 숙이지요.

그들은 철학을 하고, 이젠
칸트, 피히테, 헤겔[8]을 논해요.
그들은 담배 피우고 맥주를 마신답니다.
또 구주희 놀이 하는 사람도 제법 있어요.

---

7 루이 필리프 왕은 1830년 프랑스 보병의 군복을 흰색에서 붉은색으로 바꾸었다.

8 Immanuel Kant(1724~1804), Johann Gottlieb Fichte(1762~1814), Georg Wilhelm Hegel(1770~1831). 18세기와 19세기 초의 대표적인 독일의 관념론 철학자들.

그들은 완전히 우리처럼 속물[9]이 되어
급기야는 더 고약한 짓을 하지요.
더 이상 볼테르주의자[10]가 아니라
헹스텐베르크[11] 신봉자가 됐어요.

알프레드 드 뮈세는 정말이지
아직도 불량배입니다.
하지만 겁낼 것 없어요, 우린 빈정대는
그의 치욕스런 혀에 족쇄를 채울 겁니다.

그가 아버지한테 야비한 농을 해대면
우린 더 지독한 농을 할 겁니다.
우린 그가 아름다운 여자들과 저지른
짓거리를 폭로할 겁니다.

마음을 푸세요, 아버지 라인이여

---

9 'Philister'란 말은 구약성서에서는 이스라엘의 이웃 민족의 일족을 칭하는 말이었으나 현대에 와서는 편협하고 고루한 사람을 일컫는다.

10 계몽주의의 가장 영향력 있는 대표자 중 한 명인 프랑스의 작가, 비평가이자 철학자인 볼테르(Voltaire, 1694~1778)를 따르는 사람들.

11 헹스텐베르크(Ernst Wilhelm Hengstenberg, 1802~69)는 1826년부터 베를린 대학 신학 교수였다. 합리주의의 반대자인 그는 옛날 신교의 교의로 되돌아가자고 촉구하며 괴테의 세계관에 반대하기도 했다. 베를린의 교회에 그가 끼친 영향은 대단했다. 하이네는 그를 다른 작품에서도 조롱했다.

좋지 않은 노래는 생각하지 마세요.
곧 더 나은 노래[12]를 듣게 될 겁니다.
안녕히 계세요, 전 이만 물러갑니다."

---

12 제1장의 모티프가 여기서 다시 반복되고 있다.

제6장

집의 요정[1]이 끊임없이

파가니니[2]를 따라 다녔다.

때로는 개의 모습으로, 때로는

고(故) 게오르크 하리스[3]의 모습으로.

중요한 사건이 벌어질 때마다

나폴레옹에게는 한 붉은 남자가 보였다.[4]

---

1 Spiritus familiars. 주인을 섬기는 집의 요정이지만 때로는 악마적 성격을 지니기도 한다.

2 니콜로 파가니니(Niccolo Paganini, 1782~1840). 이탈리아의 작곡가로 바이올린 연주의 신동으로 찬사를 받았다.

3 게오르크 하리스(Georg Harrys, 1780~1838). 한동안 파가니니의 연주 여행에 따라 다녔던 하노버의 문필가.

4 하이네는 벌써 『프랑스의 상태』에서 이 일화를 언급하고 있으며, 발자크는 자신의 소설 『시골 의사』에서 나폴레옹을 따라다니는 붉은 남자에 대해 이야기했다.

소크라테스[5]한테는 자신의 다이몬이 있었다.
그것은 꾸며낸 말이 아니었다.

밤에 서재에 앉아 있을 때면
나 자신도 복면을 한 어떤 손님이
가끔 내 뒤에 서 있는 것을 보고
섬뜩한 기분이 든 적이 있었다.

외투 밑에 숨긴 물건이
삐죽 나올 때면 이상한 광채가 번득였다.
내 생각에 도끼,
참수용 도끼인 듯싶었다.

땅딸막한 체구로 보이는 그는
두 눈이 마치 별 같았다.
그는 글 쓰는 걸 방해하는 법 없이
잠자코 멀찍이 서 있었다.

그 이상한 친구를 보지 못한 지
어언 몇 년이 되었다.

5 소크라테스(Sokrates, BC 469~399)는 신을 믿지 않고 자신을 경고하는 초경험적인 내심의 목소리 다이몬을 신뢰했다고 한다.

그러다가 이곳 쾰른의 고요한 달밤에
갑자기 그를 다시 보게 되었다.

생각에 잠겨 거리를 어슬렁거리는데
마치 내 그림자인 양
그가 내 뒤를 따르는 걸 보았다.
내가 멈춰 서면 그도 서 있었다.

뭔가 기다리는 듯 서 있었다.
내가 발걸음을 옮기면
그는 다시 따라왔다. 이렇게 우리는
성당 광장 한가운데까지 왔다.

나는 기분이 좋지 않아져서
몸을 돌리고 말했다. "이제 해명해라
이 적막한 밤에 무엇 때문에
내 뒤를 졸졸 따라다니는 거냐?

내 가슴속에서 세상에 대한 감정이
솟아날 때, 또 내 머릿속에서
영감이 솟구칠 때면
늘 너를 만난다.

너는 뚫어져라 나를 보고 있구나,
여기 외투 밑에 숨긴 것, 은밀히
번쩍이는 게 뭔지 말해보아라?
넌 누구며 무얼 하려는 거냐?"

그러자 그자는 딱딱한 어조로
심지어 약간 냉담하게 대꾸했다.
"부탁건대, 주문을 외어 나를 쫓지 마시오,
그리고 너무 다그치지 마시오!

난 과거의 유령도
무덤에서 나온 짚 빗자루도 아니오.
또 수사학을 알지 못하며
그리 철학적이지도 않소.

나는 실천적 본성을 지니고 있고
늘 말없이 조용하지요.
하지만 알아 두시오. 난 그대가 머릿속에서
생각한 것을 실행합니다. 난 그 일을 합니다.

그리고 몇 해가 걸린다 해도
난 쉬지 않습니다. 그대가

생각한 것을 실현시킬 때까지는
그대는 생각하고, 나는 행동하지요.

그대는 재판관이고, 난 형리지요.
종처럼 복종하며
그대가 내린 판결을 집행합니다.
비록 부당한 판결일지라도.

옛날 로마에는 집정관에 앞서
사람들이 도끼를 들고 갔지요.
그대에게도 그런 집행관이 있소.
허나 그대 뒤에서 도끼를 들고 가지요.

내가 그대의 집행관이오.
번쩍이는 도끼를 들고
늘 그대 뒤를 따릅니다.
난 그대 사고의 행동입니다."

제7장

나는 집에 가서 잠을 잤다.
마치 천사들이 흔들어 재운 것처럼.
독일 침대에서는 아주 폭신하게 쉴 수 있다.
그건 깃털 이불이기 때문이다.

때로 조국 베개의 달콤함을
얼마나 그리워했던가
망명의 잠 못 이루는 밤에
딱딱한 매트리스 위에 누웠을 때!

우리의 깃털 이불에서
우리는 잠도 잘 자고 꿈도 잘 꾼다.
이곳에서 독일의 영혼은 지상의

온갖 속박으로부터 자유를 느낀다.

독일의 영혼은 자유를 느껴
하늘 꼭대기까지 솟구쳐 오른다.
오, 독일의 영혼이여, 밤의 꿈속에서
너의 비상은 얼마나 자랑스러운가!

네가 다가오면 신들은 창백해진다!
너는 날갯짓하며
날아오르는 중에
수많은 별을 청소해버렸다!

땅은 프랑스와 러시아인들의 것이고
바다는 영국인들 것이다.
하지만 꿈의 하늘나라에서
지배권은 확실히 우리 것이다.

우린 이곳에서 주도권을 쥐고 있고
이곳에선 분열되어 있지 않다.
다른 민족들은 평평한
땅 위에서 발전해 왔다.

잠이 들어 난 꿈을 꾸었다.
달 밝은 밤에 발소리 울리는
거리를 다시 어슬렁거렸다.
고풍스런 퀼른에서.

그런데 복면한 그 시커먼 동행이
다시금 내 뒤를 따라왔다.
너무 피곤해 절뚝거리면서도
우리는 계속 걸었다.

우리는 계속 걸었다.
내 가슴 속의 심장이 갈라지더니
심장의 상처에서
붉은 핏방울이 뚝뚝 떨어졌다.

가끔씩 나는 상처에
손가락을 집어넣었고,
지나가면서 집대문의 문설주에다
가끔씩 피를 닦았다.[1]

---

1 출애굽기 12장 7절(그 피로 양을 먹을 집 문 좌우 설주와 인방에 바르고)과 13절(내가 애굽 땅을 칠 때에 그 피가 너희의 거처하는 집에서 너희를 위하여 표적이 될지라. 내가 피를 볼 때에 너희를 넘어가리니 재앙이 너희에게 내려 멸하지 아니하리라.)의 내용을 뒤집어 표현했다.

그런 식으로 어느 집에

표시를 할 때마다

멀리서 조종이 슬픈 듯 신음하며

나직이 울려 퍼졌다.[2]

하지만 하늘의 달빛은 흐려지다가

점점 희미해져갔다

거친 구름들이 검은 말처럼

달을 지나치며 질주했다.

그런데 도끼를 숨긴

시커먼 형상은 계속

내 뒤를 따라왔다. 이렇게

우리는 꽤 오랫동안 어슬렁거렸다.

걷고 걸어 우리는 마침내

다시 성당 광장에 다다랐다.

저기 성당 문이 활짝 열려 있어

우린 안으로 들어갔다.

---

2 시인의 가슴에서 난 피를 바른 문설주는 구약성서에서처럼 목숨을 구해주지 않고 조종이 울려 퍼졌다. 하이네는 여기서 표현된 생각들이 혁명적 행위로 실천될 수 있음을 알고 있었다.

엄청나게 큰 공간에는
죽음과 밤, 침묵만이 감돌고 있었다.
어둠을 밝히려고 여기저기에
현등[3]이 불타고 있었다.

오랫동안 기둥을 따라 걸었는데
내 동행의 발소리밖에 안 들렸다.
여기서도 발걸음을 옮길 때마다
그는 내 뒤를 따라왔다.

우리는 마침내 초가 밝게 빛나고
금과 보석이 번쩍이는
곳에 이르렀다.
그곳은 삼왕 예배당이었다.

전엔 그곳에 가만히 누워 있던 성삼왕이
오, 놀랍게도!
지금은 석관 위에
반듯이 앉아 있었다.

---

3 걸려 있는 석유등을 말함.

환상적으로 장식된 세 해골이
처참하게도 누렇게 변색한 두개골 위에
왕관을 쓰고 있었고, 뼈만 앙상한 손엔
왕홀(王笏)도 지니고 있었다.

그들은 오래 전에 죽은 뼈다귀들을
꼭두각시처럼 움직였다.
뼈다귀들에서는 곰팡이 냄새와
향냄새가 났다.

한 해골은 심지어 입을 움직여
연설을 하기도 했다, 아주 긴 연설을
왜 내가 그를 존경해야 하는지
조목조목 설명했다.

첫째 자기가 망자이고
둘째 자기가 왕이며
셋째 자기가 성자이기 때문이란다.
나는 이 모든 것에 그다지 감동받지 못했다.

나는 용기를 내어 비웃으며 대답했다.
"애써봐야 소용없소!

내가 보기에 그댄 모든 점에서
과거의 인물이오.

꺼져 버려요! 여기서 꺼져 버려요!
그대들에겐 깊은 무덤 속이 제격이지요.
이 예배당의 보물들을
이제 삶이 압류할 거요.

미래의 유쾌한 멋쟁이가
이곳 성당에서 살 거요.
순순히 물러나지 않으면, 난 폭력을 행사하고
그대들을 몽둥이로 후려치게 할 거요."[4]

이렇게 말하고, 난 몸을 돌렸다.
그때 말없는 동행의 무시무시한 도끼가
끔찍하게 번득이는 게 보였다.
내 눈짓을 알아차린 것이다.

그는 다가와서, 도끼로
미신의 가련한 해골들을

4 괴테의 담시 「마왕Erlkönig」에도 같은 표현이 나온다. "네가 순순히 물러서지 않으면 폭력을 행사하겠다."

깨뜨려 부쉈다. 인정사정없이

그는 그들을 마구 내리 찍었다.

깨부수는 소리가 둥근 천장 곳곳에

끔찍하게 울려 퍼졌고,

내 가슴에서는 피가 터져 나왔다.

그리고 나는 갑자기 잠에서 깨어났다.

제8장

쾰른에서 하겐까지의 우편 마차 요금은
프로이센 돈으로 5탈러 6그로센이다.
유감스럽게도 급행 우편마차는 자리가 없어
난 덮개 없는 임시 마차를 탔다.

늦가을 아침, 날씨는 축축하고 흐렸으며
마차는 진창에 빠져 헐떡였다.
날씨와 길은 나빠도
달콤한 안락함이 온몸을 관통했다.

이게 바로 내 고향의 공기지!
달아오르는 뺨이 그것을 느꼈다!
그리고 이 국도의 진창, 그것이

내 조국의 오물이지!

말들은 꼬리를 흔들었다.
오랜 지기를 만난 듯 친근하게
그리고 말똥들은 아름다워 보였다.
아탈란테의 사과들처럼![1]

우리는 뮐하임[2]을 통과했다. 그 도시는
산뜻하고, 사람들은 조용하며 부지런하다.
난 1831년 5월에
그곳을 마지막으로 보았다.[3]

당시엔 모든 것이 꽃으로 장식되었고
햇빛이 웃고 있었다.
새들은 동경에 가득 차 노래했고
사람들은 희망하고 생각했다.

---

1 그리스 전설에 따르면 아탈란테의 자유민들은 아탈란테와 달리기 경주를 해야 했다. 아무도 아탈란테를 이길 수 없었다. 그런데 히포메네스는 미와 사랑의 여신이 그에게 준 세 개의 황금 사과를 떨어뜨려 경주에서 이길 수 있었다. 아탈란테는 그걸 주우려고 허리를 굽히다가 경주에 지고 말았다.

2 라인 강 오른쪽에 위치한 쾰른의 일부분.

3 하이네는 파리로 가는 도중 1831년 5월 1일에 프랑스 국경을 통과했다.

그들은 생각했다.
"깡마른 기사들은 곧 떠나갈 것이고
그들에게 쇠로 된 긴 병에 담긴
이별주가 권해지겠지!

그리고 자유가 놀이와 춤과 함께 오리라
백색-청색-홍색의 삼색기[4]와 더불어.
그 깃발은 망자가 된 보나파르트를
무덤에서조차 불러오리라!"[5]

맙소사! 기사[6]들이 아직도 여기 있구나,
이 땅에 올 때는 빼빼 말랐지만
지금은 배가 불룩해진
이 몇몇 멍청이[7]들이.

사랑, 믿음, 희망[8]처럼 보였던

---

4 삼색기는 프랑스 혁명 기간 동안 국기로 채택되었다.

5 하이네는 나폴레옹을 프랑스 대혁명의 이상을 독일에 전파한 황제로 보았다. 『독일. 어느 겨울 동화』에서 죽은 나폴레옹에 대한 그의 우울한 열광은 독일에서 중요시하는 바르바로사 전설과 대비되고 있다.

6 여기에서 기사란 프로이센을 뜻하고 있다.

7 'Gauch'이란 단어는 '뻐꾸기, 사기꾼'을 의미하는 사투리이다. 바보에 대한 비유적인 의미로 쓰이다가 사생아를 의미하는 단어로 쓰이게 되었다.

8 고린도전서 13장 13절에 나오는 구절에 대한 야유.

창백한 악당들,
그 후 그들은 코가 빨개지도록
우리 포도주를 마셔댔다.

그리고 자유는 발이 접질려
더 이상 뛰거나 돌진할 수 없다.
파리의 삼색기는 애처롭게
탑 아래를 내려다본다.

그 후 황제는 부활했지만
영국의 구더기[9]들이 그를
조용한 남자로 만들었다.
그리고 그는 다시 매장되었다.

나 자신이 그의 장례식을 보았다.
난 황금빛 관을 운구한
황금빛 승리의 여신들과
그들을 태운 황금빛 마차를 보았다.[10]

---

9 나폴레옹이 맨 처음 매장된 센트 헬레나 섬은 1650년부터 영국령이었다.

10 나폴레옹의 유해는 1840년 12월 15일 세인트 헬레나 섬으로부터 파리의 앵발리드에 옮겨져 매장되었다.

엘리제 들판[11]을 따라
개선문을 통과해
안개를 뚫고 눈을 헤치며
행렬은 천천히 움직였다.

음악은 몸서리치게 불협화음을 냈고
악사들은 추위에 굳어있었다.
군기의 독수리 문장이
우울하게 나를 맞이했다.

사람들은 유령처럼 바라보았다.
옛 추억에 잠겨.
제국의 동화 같은 꿈이
마법으로 다시 불려내졌다.[12]

그날 나는 울었다. 내 눈에서
눈물이 흘러내렸다.
사라져버린 사랑의 외침
"황제 만세!"라는 외침을 들었을 때.

---

11 파리의 샹젤리제를 말함.
12 나폴레옹은 프랑스의 주도로 유럽 대륙의 통일을 구상했다.

제9장

아침 7시 45분에
쾰른에서 출발했다.
오후 3시경에 벌써 하겐에 도착해
그곳에서 점심을 먹었다.

식사가 준비되었다. 보니
완전히 옛날 게르만식 음식이었다.
잘 있었니, 내 자우어크라우트[1]야
너의 냄새 그윽하구나!

녹색 양배추에 든 찐 밤!

---

1 Sauerkraut. 묽은 소금물에 절여 발효시킨 양배추.

옛날에 어머니도 그렇게 해주셨지!
너희들 고향의 건어(乾魚)[2]들아, 잘 있었니!
버터 속에서 꾀바르게 헤엄치고 있구나!

어느 누구의 가슴에도 조국은
영원토록 소중하게 자리하고 있다.
갈색으로 찐 훈제 청어나 달걀들도
나는 꽤 좋아한다.[3]

소시지들은 튀는 기름 속에서 얼마나 환호했던가!
개똥지빠귀 요리[4], 사과즙을 쳐서
구운 경건한 작은 천사들,
그들은 내게 지저귀었다, "어서 오세요!"

"어서 오세요, 동포여", — 그들은 지저귀었다 —
"오랫동안 나가 살았지요,
낯선 새들과 함께 매우 오랫동안
외지를 돌아다녔지요!"

---

2 건어(Stockfisch)라는 단어에는 '말없는 사람, 지루한 사람, 멍청이'라는 뜻도 담겨 있음.

3 고향의 음식에 대한 사랑과 같은 차원에서 파악되는 감상적인 애국주의는 조소적인 인상을 준다.

4 수십 년 전만 해도 이 음식은 베스트팔렌 지방의 별미였다.

거위 한 마리가 식탁에 있었다.
조용하고 정겨운 녀석이다.
우리 둘이 아직 젊었을 때 아마
그놈은 한때 나를 사랑했을지도 모른다.

거위[5]는 마음 깊이 진실하고 애틋하게
그토록 의미심장한 눈길로 나를 쳐다보았다!
아름다운 영혼[6]의 소유자인 것은 확실했지만
고기는 무척 질겼다.

주석으로 된 접시에
돼지 머리도 하나 나왔다.
우리나라에선 아직도 돼지코를
월계수 잎으로 장식하고 있다.[7]

---

5 하이네의 젊은 시절 친구 중에도 '거위'라는 뜻의 '간스(Eduard Gans)'가 있었다.
6 괴테 시대의 경건한 개념이 요리에 옮아옴으로써 아이러니한 효과를 내고 있다. 괴테의 『빌헬름 마이스터의 수업시대』에 「아름다운 영혼의 고백」이 들어 있다.
7 복고 세력에 비굴하게 야합해서 글을 쓰는 작가들을 풍자하고 있다.

제10장

하겐을 떠난 직후 밤이 되었고,
이상하게도 내장의 한기를 느꼈다.
나는 우나의 여관에서
비로소 몸을 녹일 수 있었다.

거기서 어떤 아리따운 소녀가 눈에 띄었고
그녀는 친절하게 펀치[1]를 따라주었다.
곱슬곱슬한 머리카락은 노란색 비단 같고
두 눈은 달빛처럼 부드러웠다.

속삭이는 듯한 베스트팔렌의 억양을 듣고

1 럼주에 설탕, 레몬, 차, 물을 탄 오색주.

다시 관능적인 느낌이 들었다.
펀치는 많은 달콤한 추억을 불러 일으켜
나는 사랑하는 형제들[2]을 생각했다.

사랑하는 베스트팔렌 녀석들, 그들과 함께
괴팅겐에서 뻔질나게 퍼마셨지.
서로 마음이 동해
탁자 밑으로 쓰러질 때까지!

난 항상 그들을 무척 좋아했다.
사랑하는 선량한 베스트팔렌 녀석들을
꾸미거나 뽐내지 않는
확고하고 자신만만하며 진실한 사람들을.

용맹하게 결투장[3]에 선
그들의 모습은 얼마나 의젓했던가!
그토록 반듯하고 그토록 성실한 마음으로
그들은 펜싱의 4자세와 3자세[4]를 취했다.

---

2 하이네는 1824~25년 두 번째로 괴팅겐에 머무는 동안 대학생 학우회 '구에스트팔리아'의 회원이었다. 1815년 예나 대학 학우회가 그 최초의 조직이었다.

3 정식 펜싱 경기에서와는 달리 대학생들은 부상에 대비한 안전장치를 하지 않은 채 결투했다. 이러한 결투는 대학생 학우회에서 20세기 중반까지 만연했다.

그들은 잘 찌르고 잘 마신다.
그들은 우정을 맺자며
네게 손을 내밀고는 눈물 흘린다.
그들은 감상적인 참나무들이다.

하늘이 그대 늠름한 녀석들을 지켜주시길
하늘이 그대의 씨를 축복해주시길
전쟁과 명예, 영웅과 영웅적 행위로부터
그대들을 지켜주시길.

하늘이 그대의 아들들에게 늘
부드러운 시험을 내주시길
또 그대의 딸들은 두건으로
어여삐 감싸주시길.[5] 아멘!

4 펜싱에서 칼을 내리치는 자세를 말함. 4자세는 오른쪽에서 상대방의 왼쪽을 치는 자세이고, 3자세는 상대방의 오른쪽 관자놀이와 허리를 잇는 부분을 찌르는 자세.

5 딸을 결혼시킨다는 의미. 결혼식을 올리는 날에 신부는 처음으로 결혼한 부인의 두건을 머리에 썼다.

제11장

타키투스가 기술한[1]

토이토부르크 숲[2]이다.

그것은 바루스가 빠진

고전적인 진창[3]이다.

이곳에서 헤루스커족의 족장 헤르만이

그 고귀한 영웅이 바루스를 격파했다.

독일의 민족성이

---

1 로마의 역사가 타키투스(Publius Cornelius Tacitus, 55~116)의 책 『연대기』를 말함.

2 서기 9년 로마의 장군 바루스가 지휘하던 로마군이 헤루스커족의 족장 아르미니우스가 지휘한 게르만 부족 연합군에게 패한 숲 이름.

3 타키투스는 『연대기』 제1권에서 토이토부르크의 숲과 늪지대 때문에 로마군이 패배했다고 기술하고 있다. '고전적'이란 말은 전투가 그리스, 로마 시대에 일어난 일임을 말해준다.

이 진창에서 승리했던 것이다.

금발의 부대를 이끈 헤르만이
이 전투에서 이기지 못했던들
더 이상 독일의 자유는 없었을 것이다.
우리는 로마인이 되었으리라!

우리 조국에는 지금 오로지
로마어와 로마 풍습이 지배하고 있을 것이다,
심지어 뮌헨엔 베스탈렌[4]이 있을 것이고,
슈바벤 사람은 로마 정시민[5]으로 불릴 것이다!

헹스텐베르크는 하루스펙스[6]일 것이고
황소의 내장을 파헤치고 있을 것이다.
네안더[7]는 새 점쟁이[8]가 되어

---

4 베스탈렌은 로마 여신 베스타의 여사제를 말하는 것으로, 여사제로서 그녀는 처녀성을 지켜야 한다.

5 크비리터(Quirite)는 로마의 완전한 시민권을 가진 시민을 말함.

6 제물로 바쳐진 동물의 내장 상태를 보고 미래를 예언하는 로마의 사제. 그의 행위는 공화국 시대나 황제 시대에 어느 정도 공공연하게 속임수로 밝혀졌지만 4세기까지는 지속되었다.

7 부모가 유대인인 네안더(Johann August Wilhelm Neander, 1789~1850)는 1806년에 세례를 받았다. 1813년부터 그는 베를린 대학의 신교사 교수로 재직하면서 방대한 분량의 저작 활동을 했다. 저서에서 그는 교회사 원전을 철저하게 가치 평가하는 데 힘을 쏟았다.

새떼를 지켜볼 것이다.

비르히 파이퍼[9]는 송진을 먹을 것이다.
옛날 로마 귀부인들이 그랬듯이.
(그러면 오줌 냄새가
특히 좋아진다고들 한다.)

라우머[10]는 독일의 룸펜이 아니라
로마의 룸파치우스[11]일 것이다.
프라일리그라트[12]는 각운 없이 시를 지을 것이다.
그 옛날 플라쿠스 호라티우스[13]처럼.

조야한 걸인인 체조의 아버지 얀[14]은

---

8 새가 나는 모습을 보고 미래를 예언하던 로마의 사제. 불길한 전조가 나타나면 중요한 결정을 보류하였다.

9 샤를로테 비르히 파이퍼(Charlotte Birch-Pfeiffer, 1800~68)는 배우이면서 70개가 넘는 멜로드라마를 쓴 작가로 당시의 연극 프로그램에 결정적인 영향력을 행사했다. 하이네는 『낭만파』에서 그의 작품을 조롱했다.

10 역사가인 폰 라우머(Friedrich Georg von Raumer, 1781~1873)는 1811년부터 역사와 국가학 교수였다. 하이네는 한때 검열위원으로 활동한 그를 부정적으로 평가했다.

11 '룸펜'이란 단어에 라틴어 식으로 우스꽝스럽게 어미를 넣었다.

12 베스트팔렌 출신의 작가인 프라일리그라트(Ferdinand Freiligrath, 1810~76). 처음에는 혁명적인 물결에 거리를 두다가 1844~45년부터 3월 혁명 전기의 정치적 문학에 동참했다.

13 호라티우스(Quintus Horatius Flaccus, BC 65~BC 8). 아우구스투스 황제 시대에 로마에서 활동한 뛰어난 서정시인, 풍자작가. 그의 『송가』와 운문 『서간집』에 가장 자주 나오는 주제는 사랑과 우정, 철학 및 시론이다. 고대 로마 시는 독일 시와는 달리 각운이 없었다.

지금 그로비아누스[15]로 불릴 것이다.

정말이지[16]! 마스만[17]은 라틴어로 말하리라.

그 마르쿠스 툴리우스[18] 마스마누스는!

진리의 친구[19]들은

조그만 신문의 개들과 싸우는 대신

지금 사자, 하이에나, 재칼과 함께

원형 투기장에서 싸울 것이다.

우리는 지금 서른여섯 명의 군주[20] 대신

한 명의 네로를 가지고 있을 것이다.

우리는 굴종을 강요하는 권력의 앞잡이에 저항하여

---

14 프리드리히 루트비히 얀(Friedrich Ludwig Jahn, 1778~1852)은 나폴레옹에 대항하기 위해 체조를 통해 민중의 육체적·도덕적 힘을 강화시키려고 했다. 프랑크푸르트 국민 의회에서 그는 민주적 군주제를 지지했지만 그것을 관철시킬 수는 없었다. 그는 하이네에 의해 여러 번 조롱받았다.

15 '거친, 조야한'이라는 뜻을 지닌 'grob'를 우스꽝스럽게 라틴어로 만든 말이다.

16 'Me hercule(Beim Herkules)는 '헤라클레스에 맹세코'라는 뜻의 라틴어로 호언장담할 때 쓰는 상투어. 헤라클레스는 체조의 보호자였고 올림픽 경기의 창시자로 간주되었다.

17 독일어 학자이자 체조 교육학자인 마스만(Hans Ferdinand Maßmann, 1797~1874)은 체조의 아버지 얀의 제자이자 친구였다. 1829~42년에 그는 뮌헨 대학의 독일어문학 교수였고 그 후 베를린대학 교수로 있었다.

18 키케로라는 별명으로 유명한 그는 로마의 가장 위대한 웅변가이자 고전 라틴 산문의 창조자였다.

19 하이네 자신을 일컫는 말. 로마의 네로 황제 시대인 64년에 처음으로 기독교 순교자들이 생겨났다.

20 1815년 빈 회의에서 결성된 독일 연방에 34명의 자치 영주와 네 개의 자유 도시들이 속했다.

동맥을 자르게 될지도 모른다.[21]

셸링[22]은 한 명의 세네카가 되어
그런 갈등을 겪고 자결할지도 모른다.
우린 우리의 코르넬리우스[23]에게 말하리라,
"똥 싼 것이 그림 그린 것은 아니다."[24]라고.

다행히도! 헤르만이 전투에 이겨
로마인은 쫓겨났고
바루스는 그의 군단[25]과 함께 파멸해
우리는 독일인으로 남았도다!

우린 독일인으로 남아
독일어로 말한다, 옛날에 그랬듯이.
당나귀는 아시누스가 아닌 에젤[26]로 불리며

---

21 어쩔 수 없는 상황에서 목숨이 짐이 될 때 고대 스토아 철학의 방침에 따라 허용되었던 자살을 암시하는 글. 세네카는 모반에 참가했다는 혐의를 받아 네로 황제의 지시로 어쩔 수 없이 동맥을 잘라 자결했다.

22 셸링(Friedrich Wilhelm Schelling, 1775~1854)은 낭만주의 예술 이론의 토대를 제공했다. 그는 독일 관념론을 대표하는 철학자였다.

23 19세기의 독일의 신 종교화파인 나자레파에 속했던 코르넬리우스(Peter von Cornelius, 1783~1867)는 종교적인 조형 미술을 혁신하고자 했다. 하이네는 「루트비히 왕 찬가」에서 셸링은 이성이 없고, 코르넬리우스는 상상력이 없다고 조롱했다.

24 Cacatum non est pictum(Gekackt ist nicht gemalt).

25 로마의 군단은 약 3,000~6,000명의 병사로 구성되었다.

슈바벤 사람은 슈바벤 사람으로 남았다.

라우머는 우리 독일의 북쪽 땅에서
독일의 룸펜으로 남았다.
프라일리그라트는 운에 맞게 시를 지어
호라티우스가 되지 않았다.

다행히도, 마스만은 라틴어를 말하지 않고
비르히-파이퍼는 드라마만 쓸 뿐
로마의 바람난 귀부인과는 달리
창피하게 송진을 먹지 않는다.

오, 헤르만이여, 이 모든 것이 그대 덕이도다!
그 때문에 지당한 일이지만
데트몰트에 그대 기념비[27]가 세워지고 있지.
나 자신도 헌금하겠다고 서명했다.

---

26 에젤(Esel)과 아시누스(Asinus)는 독일어와 라틴어에서 다 같이 당나귀라는 뜻이다. '에젤'이란 단어에는 '바보'란 뜻도 있다.

27 에른스트 폰 반델의 설계로 1838~75년 사이 토이토부르크의 숲에 헤르만 기념비가 세워졌다.

제12장

우편 마차가 밤 숲을 비틀거리며 달리는데
갑자기 우지끈 하는 소리가 난다.
바퀴 하나가 빠져 우리는 멈추었다.
별로 기분 좋은 일이 아니다.

마부가 마차에서 내려
급히 마을로 달려가고, 나는 한밤중에
홀로 숲속에 남는다.
사방에서 울부짖는 소리가 울려 퍼진다.

이들은 늑대들이다. 굶주린 목소리로
사납게 울부짖는다.
어둠 속에서 이글거리는 눈들이

등불처럼 불타오른다.

이들 짐승들은 내가 온다는 소식을
들은 것이 분명하다.
이들은 내게 경의를 표하기 위해
숲을 성대하게 불 밝히며 합창하고 있었다.

하나의 소야곡이다, 난 그제야 알아차렸다.
나를 축하하고 있는 것이다!
나는 즉시 자세를 가다듬고
감동받은 몸짓으로 연설했다.

"늑대 동지 여러분, 이렇게 많은
고귀한 심성을 지닌 분들이
저를 사랑으로 맞이하며 울부짖는 곳에
여러분과 함께 있어 전 행복합니다.

이 순간 저의 감정은
이루 헤아리기 어렵습니다.
아! 이 아름다운 시간을
영원히 잊지 못할 겁니다.

영광스럽게도 여러분이 저에게 보여준
신뢰에 감사드립니다.
시련에 처할 때마다 진실하게 증거하며
보여준 신뢰에 대해.

늑대 동지 여러분! 여러분은
결코 저를 의심치 않을 겁니다.
제가 개들 편으로 넘어갔다는
악당들의 꾐에 말려들지 않을 겁니다.[1]

제가 변절하여 곧
양떼의 고문관이 되리라는 것,
그런 말에 응수한다는 건
저의 체통에 전혀 어울리지 않습니다.

몸을 데우려고 때때로 걸쳤던
양가죽은, 믿어주십시오,
결코 저로 하여금 양의 행복을 위해
열광하도록 하지 않았습니다.[2]

---

1 자유주의 진영에서 하이네를 비난한 말을 암시함. 하이네는 『뵈르네 회고록』과 『아타 트롤』에서 자유주의 진영에 맞서 자신을 옹호했다.

저는 양도 아니고 개도 아닙니다.

양떼의 고문관도 대구도 아닙니다.

여전히 늑대로 남아 있습니다, 제 가슴과

이빨은 늑대의 것입니다.

저는 늑대이고 항시

늑대와 함께 울부짖을 겁니다.

그렇습니다, 저를 믿고 여러분 자신을 도우십시오.

그러면 신도 여러분을 도울 겁니다!"

이것이 아무 준비 없이

내가 행한 연설이었다,

콜프가 이 연설을 심하게 훼손해서

〈알게마이네 차이퉁〉지에 실었다.[3]

---

2 마태복음 7장 15절 참조. "거짓 선지자들을 삼가라. 양의 옷을 입고 너희에게 다가오나, 속에는 노략질하는 이리니라."

3 콜프(Gustav Kolb, 1798~1865)는 1837년부터 아우크스부르크의 〈알게마이네 차이퉁〉지의 편집장이었다. 하이네는 특파원으로 이 신문에 자기의 중요한 글을 실었다. 하이네는 깊이 사랑한 친구이자 전우인 그의 진정성과 솔직함을 언제나 확신했기에 자신의 기사를 개작하고 개악한 것을 감수할 수밖에 없었다.

제13장

파더보른 부근에서 해가 떠올랐다.
몹시 짜증스러운 몸짓으로.
해는 사실 짜증나는 일을 하고 있다 —
어리석은 지구를 비추는 일을!

한 쪽을 비추고 나서
빛을 발하며 서둘러
다른 쪽을 밝히는데, 그 사이에
벌써 저 쪽이 어두워진다.

돌멩이는 시시포스[1]에서 굴러 떨어지고,

---

1 그리스 전설에 따르면 시시포스는 사악했기 때문에 죽은 후 지옥에서 일 년 내내 계속 굴러 떨어지는 큰 돌을 산 위로 밀어 올리는 벌을 받았다.

다나오스의 딸들[2]의 물통은 결코
채워지지 않으며, 해는 헛되이
지구를 비추고 있다.

아침 안개가 걷혔을 때
아침놀을 받으며
길가에 솟아 있는 것을 보았다,
십자가에 못 박힌 그 사내의 상을.

나의 가련한 사촌, 그대 모습이
나를 매번 우울하게 하는구나.
그대, 세상을 구원하고자 한 자
그대 바보, 그대 인류의 구원자여!

고위위원회[3] 양반들은
그대를 못살게 굴었지.
누가 그대에게 교회와 국가에 대해
그처럼 무자비하게 말하라고 했는가!

---

2 그리스 전설에 따르면 아르고스의 왕 다나오스의 50명의 딸은 한 명을 제외하고 모두 첫 날 밤에 각자의 남편을 죽인 죄로 지옥에서 구멍투성이의 통에 쉬지 않고 물을 퍼 넣는 벌을 받았다.

3 72명의 위원으로 구성된 예루살렘의 중의소(衆議所)를 가리킨다.

불행하게도 그 시기엔 아직
인쇄술이 발명되지 않았지.
그랬다면 그대는 천국의 문제를 다룬
책 한 권을 썼을 텐데.

가령 지상의 문제를 풍자했다면
검열관은 삭제했을 것이고
그처럼 애정 어린 검열의 보호를 받았다면
그댄 십자가에 못 박히지 않았을 텐데.

아! 그대가 산상수훈[4]을 행할 때
다른 텍스트를 집어 들었더라면
정신과 재능을 충분히 지녔으니
신심 깊은 자들을 지켜줄 수 있었을 텐데.

그대는 환전상과 은행가를
채찍으로 성전에서 내쫓았지.[5]

---

4 마태복음 5~7장, 누가복음 6장 참조. 산상수훈은 지금까지 기독교 이론의 핵심으로 이해되고 있다.

5 마가복음 11장 15절 참조. "예수께서 성전에 들어가사 성전 안에서 매매하는 자들을 내어 쫓으시며 돈 바꾸는 자들의 상과 비둘기파는 자들의 의자를 둘러엎으시며." 위의 구절은 예수의 정치적인 변화 의지를 증거하기 위해 문학에서 자주 인용되고 있다.

불행한 광신자, 그대는 이제 십자가에 매달려 있다.

경고의 본보기로!

제14장

축축한 바람, 황량한 땅
마차는 진창 속에서 비틀거린다.
하지만 내 마음 속에선 노랫소리 울린다.
"태양이여, 그대 고발하는 화염이여![1]"

이것은 내 유모가 종종 부른
옛 노래의 후렴이다.
"태양이여, 그대 고발하는 화염이여!"
그 후렴은 마치 호른 소리처럼 들렸다.

---

1 정확한 가사가 알려지지 않은 어떤 민요의 후렴임. 이 구절은 그림 형제 동화집의 「태양이 그것을 밝혀낸다」를 상기시킨다. 아델베르트 폰 샤미소의 시 「태양이 그것을 밝혀낸다」(1827)는 이 동화를 토대로 하고 있다.

노래 속엔 살인자가 등장하는데
그자는 쾌락과 기쁨 속에서 살아간다.
마침내 살인자는 숲속 잿빛 버드나무에서
교수형을 당한 채 발견된다.

살인자에 대한 사형 선고문은
버드나무 줄기에 못 박혀 있다.
그 일을 한 자는 비밀재판[2]의 응징자들이다.
"태양이여, 그대 고발하는 화염이여!"

태양이 고발자였고,
살인자를 처벌하도록 조치했다.
오틸리에[3]는 죽어가며 소리쳤다.
"태양이여, 그대 고발하는 태양이여!"

이 노래를 생각하면 유모도 생각난다,
사랑하는 그 노파가.
쭈글쭈글하고 주름진 검게 탄 얼굴이
다시 눈에 떠오른다.

---

2 15세기에 가장 커다란 영향력을 행사했던 비밀 법정으로 19세기에야 비로소 없어졌다. 사형 판결을 받은 자는 즉각 교수형에 처해졌다.

3 하이네 연구자들은 오틸리에는 억압받는 민중을, 태양은 혁명가를 상징한다고 본다.

뮌스터란트에서 태어난 유모는
소름끼치는 귀신 이야기며
동화와 민요도
아주 많이 알고 있었다.

황야에서 외롭게 앉아
금발을 빗고 있는
공주 이야기를 노파에게서 들었을 때
내 가슴은 얼마나 뛰었던가.

거기서 공주는 거위 치는 아가씨[4]로
살아야 했고, 저녁에는
거위를 몰아 성문을 다시 지나갔다.
그녀는 슬픔에 잠겨 걸음을 멈추었다.

왜냐하면 못 박힌 말머리 하나가
성문 위에 우뚝 솟아 있었기 때문이었다.
그녀가 낯선 곳으로 타고 온
가엾은 말의 머리였다.

4 『그림 형제 동화집』에 나오는 「거위치기 아가씨」의 내용이다.

왕의 딸은 깊이 한숨지었다.
"오, 팔라다, 네가 매달려 있다니!"
말 머리는 아래를 향해 소리쳤다.
"오 슬프구나! 공주님이 가버리시다니!"

왕의 딸은 깊이 한숨지었다.
"어머니가 이 일을 아신다면!"
말 머리는 아래를 향해 소리쳤다.
"왕비님의 가슴은 찢어지실 거야!"

나는 숨을 죽이고 귀 기울였다,
할머니가 더욱 더 진지하고 나지막하게
우리의 은밀한 황제인 붉은 수염[5]에 대해
말하기 시작하면.

노파는 내게 단언했다,
당시 학자들 생각과는 달리
그가 죽지 않았다고, 어떤 산에 틀어박혀
전우들과 같이 살고 있다고.

---

5 프리드리히 1세(1125년경~90)를 가리킴. 1152년부터 1190년까지 독일의 왕이었던 그는 붉은 수염 때문에 '바르바로사'라는 별명을 가졌다. 역사가들은 그를 평화의 군주이자 제국의 혁신자로 칭송하고 있다. 19세기에 와서 그는 제국의 혁신에 대한 민족적 희망의 상징이 되었다.

그 산 이름은 키프호이저인데
안에는 동굴이 하나 있다.
현등들이 높은 아치형의 홀들을
신비롭게 밝혀주고 있다.

첫 번째 홀은 마구간으로
거기엔 번쩍이는 마구를 단
수천 마리 말들이
구유 옆에 서 있다.

안장을 달고 고삐를 맸지만
이 말들은 한 번도 울지도 않고
한 번도 발로 땅을 구르지도 않으며
마치 쇠로 만든 듯 조용하다.

두 번째 홀의 짚자리엔
군인들이 누워 있다.
전사처럼 용맹한 얼굴의
수염이 난 수천의 군인들이.

머리에서 발끝까지 무장한
이 용사들은

꼼짝달싹 하지 않고
가만히 누워 잠자고 있다.

세 번째 홀엔
은과 강철로 만든
칼, 전투용 도끼, 창, 갑옷, 투구
구식 화기(火器)들이 잔뜩 쌓여 있다.

대포는 얼마 되지 않았지만
전승 기념물이 되기에는 충분하다.
대포에는 흑색-홍색-금색의 깃발이 하나가
높이 솟아 있다.

황제는 네 번째 홀에 살고 있다.
벌써 수 세기 전부터
그는 팔로 머리를 괸 채
석조 탁자의 석조 의자 위에 앉아 있다.

땅바닥까지 자란 수염은
화염처럼 붉은 색이다.
그는 가끔 눈을 껌벅거리며
때때로 미간을 찌푸린다.

자고 있는 걸까, 아니면 곰곰 생각중일까?
정확히 알아낼 수 없다.
하지만 때가 오면 그는
힘차게 떨치고 일어날 것이다.

그러면 그는 깃발을 움켜쥐고
외칠 것이다. 말을 타라! 말을 타라!
그의 무장한 기마병은 깨어나
요란하게 쩔거렁 소리 내며 땅에서 뛰어오를 것이다.

모두 말 위에 올라타고
말은 히힝 소리치며 발굽으로 땅을 구르리라!
그들은 말 타고 전장에 나가
나팔을 불 것이다.

그들은 말을 잘 타고 싸우기도 잘 한다.
그들은 푹 수면을 취했다.
황제는 엄정한 재판을 열어
살인자를 처벌하려 한다.

언젠가 소중하고 신비로운
금발의 처녀 게르마니아를

암살한 살인자를.

“태양이여, 그대 고발하는 화염이여!”

안전하게 숨어있다고 생각해

웃으며 자기 성에 앉아 있던 자들은

아마 응징의 오랏줄을 피하지 못할 것이다.

바르바로사의 진노를!

늙은 유모가 들려준 옛 이야기는

어쩌면 이토록 사랑스럽고 달콤하게 들리는가!

미신을 믿는 내 마음은 환호한다.

“태양이여, 그대 고발하는 화염이여!”

제15장

얼음처럼 차갑고 바늘처럼 뾰족한
이슬비가 내린다.
말들은 슬프게 꼬리를 흔든다.
말들은 진창 속을 걸으며 땀을 흘린다.

마부는 호른을 불어댄다.
나는 이 오래된 곡조를 알고 있다.
"세 명이 말을 타고 성문을 나선다!"[1]
나는 몽롱한 기분에 사로잡힌다.

---

1 이 구절은 아힘 폰 아르님과 클레멘스 브렌타노가 1806~08년에 발간한 수집물인 『소년의 요술피리*Des Knaben Wunderhorn*』에 실려 있다.

졸려 잠이 들었는데
보라! 드디어 난 꿈을 꾸었다.
그 불가사의한 산 속에서
붉은 수염 황제 옆에 있는 꿈을.

그는 더 이상 석조 탁자 옆의 석조 걸상에
석상처럼 앉아 있지 않았다.
그는 흔히 착각하는 것처럼
그다지 존경스럽게 보이지도 않았다.

황제는 나와 흉허물 없는 잡담을 나누며
뒤뚱뒤뚱 홀들을 돌아다녔다.
그는 골동품상처럼 내게
진기한 물건과 보물들을 보여주었다.

병기실에서 그는 곤봉 사용법을
내게 설명해주었다.
그는 몇몇 무기의 녹을
족제비 털로 닦았다.

그는 공작 깃으로 만든 총채를
손에 집어 들고 먼지를 털어냈다.

많은 갑옷, 많은 투구
또한 뾰족한 쇠붙이를 붙인 많은 가죽 투구의 먼지도.

그는 깃발의 먼지도 털었다.
그리고 말했다. "아직 비단이 좀 먹지 않고
나무도 벌레 먹지 않은 게
나의 가장 큰 자랑이네."

우리가 수천 명의 전사들이
전투 준비를 갖추고
바닥에 누워 자고 있는 방에 들어섰을 때
노인은 기쁜 듯 말했다.

"이곳에선 이 사람들이 깨지 않도록
좀 더 나직이 말하고 걸어야 하네.
다시 백 년이 흘러
오늘이 급료를 주는 날일세."

그런데 보라! 황제는 발소리를 죽이고
자고 있는 병사들에게 다가가더니
병사마다 일 두카텐[2]의 금화를
주머니에 슬쩍 찔러주는 것이 아닌가!

내가 놀라서 바라보자
황제는 싱긋 웃으며 말했다.
"나는 급료로 백년마다
일인당 금화 일 두카텐을 준다네."

말들이 길게 열 지어
조용히 늘어선 홀에서
황제는 두 손을 비볐다.
무척이나 기분 좋은 모양이었다.

말을 한 필 한 필 세어보며
갈빗대를 툭툭 쳤다.
입술을 달싹거리며 불안한 듯
세고 또 세었다.

"아직 수가 모자라는 걸!"
마침내 언짢은 표정으로 말했다.
"병사와 무기는 충분한데
아직도 말이 부족하단 말이야.

---

2 16세기 중반부터 유럽에서 통용된 금화.

말장수를 온 세상에 내보냈어.
그들은 나를 위해 최고 훌륭한
말들을 사들이고 있다네.
그래서 벌써 제법 많이 구했다네.

수가 완전히 찰 때까지 기다리다가
때가 오면 나가 싸워
내 조국을 해방시킬 거야
진심으로 나를 고대하는 내 독일 백성을."

황제가 그렇게 말했지만, 나는 이렇게 외쳤다.
"나가 싸워, 영감
나가 싸워, 말이 부족하면
말 대신 조랑말이라도 타고."

붉은 수염은 미소 지며 대꾸했다.
"서둘러 나가 싸울 필요는 없다네.
로마는 하루아침에 세워진 것이 아니거든.
일을 잘 하려면 시간이 필요한 법이네.

오늘 오지 않는 자는 내일은 필히 오는 법이네.
참나무는 아주 천천히 자라지,

로마 격언으로 이런 말이 있다네.

'천천히 가는 자는 안전하게 간다.'"[3]

---

3 'chi va piano, va sano.' 이 속담은 독일의 속담 "천천히 가는 자 또한 목적지에 도달한다."와 비교할 만하다.

제16장

마차가 흔들려 잠이 깼지만
눈꺼풀이 다시 내려 앉아
나는 잠이 들었고
다시 붉은 수염 꿈을 꾸었다.

다시 그와 잡담을 나누며
발소리 울리는 홀들을 돌아다녔다.
그는 이것저것 물으며
내 의견을 요구했다.

오래, 아주 오래 전부터
아마 7년 전쟁[1] 이후로
그는 지상 세계로부터

한마디 말도 듣지 못했다.

그는 모제스 멘델스존[2]이며 카르쉰[3]에 대해
관심을 가지고 물었다.
그는 루이 15세의 정부(情婦)인
뒤바리 백작 부인[4]에 대해 물었다.

"오, 황제여!" 나는 외쳤다, "그대는 시대에 뒤떨어져 있어!
모제스는 오래 전에 죽어
그의 레베카[5] 곁에 있고
아들 아브라함도 죽어 썩어버렸어.

아브라함은 레아와 함께
펠릭스라는 사내아이를 낳았지,

---

1 1756~63년에 일어난 전쟁으로 프로이센과 영국이 오스트리아, 프랑스 및 러시아를 상대로 전쟁을 벌였다. 밀고 밀리던 접전이 계속 되던 중 엘리자베타 여제가 사망(1762. 5. 1)하고 나서 약 1년 후 평화 조약이 체결되었다.

2 철학자 모제스 멘델스존(Moses Mendelson, 1729~86)은 독일 계몽주의의 담당자이자 선구자였다. 하이네는 『독일의 종교와 역사철학에 대해서』라는 글에서 그 유대 사상가에 대해 기술하고 있다.

3 원래 이름은 카르쉬(Luise Karsch, 1722~91)였지만 나중에 카르쉰으로 이름을 바꾼 여류작가이다. 로코코 풍의 프로이센적이고 애국적인 시를 썼다.

4 루이 15세(재임 기간 1715~74)에 대한 강력한 정치적 영향력을 행사해서 자주 세인의 입방아에 오르내리는 여자이다.

5 멘델스존의 부인은 이름이 프로메트(1738~1812)였지만 하이네는 그녀를 모제스와 유사하게 구약성서의 냄새가 나는 레베카로 부르고 있다.

그는 기독교 세계에서[6] 출세하여
벌써 악장이 되었지.

늙은 카르쉰 역시 죽었고
그 딸 클렝케 또한 죽었어.
손녀 헬미네 셰지[7]는
아직 살아있는 것 같아.

루이 15세가 통치하는 동안
뒤바리는 흥청망청 살았어.
단두대에 올라갔을 때
그녀는 벌써 늙었지.

루이 15세는 자기 침상에서
아주 조용하게 죽었지.
하지만 루이 16세[8]는 왕비 앙투아네트와 함께
단두대에 올라갔어.

---

6 펠릭스는 가톨릭으로 개종했다.
7 클렝케(1754~1802)는 시를 썼고, 셰지(1783~1856)는 가곡과 노벨레를 썼다.
8 루이 16세(재임 기간 1774~92)는 루이 15세의 손자로 마리아 테레지아의 딸인 마리 앙투아네트와 결혼했다. 둘은 1793년에 처형되었다.

왕비는 자신의 체통에 걸맞게

대단한 용기를 보여주었지.

하지만 뒤바리는 단두대에서

울고불고 소리치며 난리를 쳤지."

황제는 갑자기 발길을 멈추고

멍한 표정으로 날 보며 말했다.

"단두대[9]에 올라간다는 게

대관절 무슨 말이냐?"

난 황제한테 설명해주었다.

단두대에 오르는 게 무슨 뜻인지.

"그것은 신분의 고하를 불문하고 사람들을

삶에서 죽음으로 데려가는 새로운 방법이지.

사람의 목을 자를 때

또한 새로운 기계를 이용하는데

기요틴 씨가 발명해서

기요틴으로 불리지.

---

9 기요틴이라 불리는 단두대는 1792년부터 프랑스 혁명기의 처형 기구였다. 의사인 기요틴 박사(1738~1814)가 직접 그 기구를 고안한 것은 아니었지만 그가 그 기구를 이용해서 죄인을 처형하자는 제안을 했다.

당신이 여기 널빤지에 묶이면
그게 내려가지, 당신은 두 기둥 사이로
재빨리 떠밀려 가지, 맨 꼭대기에는
삼각형의 도끼가 걸려 있어.

끈을 잡아당기면 도끼가
아주 신나고 활기차게 아래로 떨어지지.
그러면 당신 버리가
자루 안으로 떨어지지."

황제는 내 말을 가로막았다.
"닥쳐라, 그 기계에 대해
알고 싶지 않다, 내가 그걸 이용하다니
당치도 않은 소리다!

왕과 왕비를!
묶는다고! 널빤지에!
그건 존엄과 예법에도
맞지 않는 일이야!

그런데 너는 대체 누구기에
그토록 친근하게 감히 말을 놓느냐?

잠깐, 풋내기 녀석, 내 그 건방진 날갯죽지를
분질러놓고 말 테다!

네가 말하는 소리를 들으면
내 오장육부가 뒤틀린다.
네 목숨조차 대역죄고
황제에 대한 불경죄로다!"

노인네가 이처럼 분기탱천하여
마구 호통 치자
내 마음속에서는
매우 은밀한 생각들이 터져 나왔다.

"붉은 수염 양반", 나는 크게 외쳤다.
"그대는 케케묵은 상상의 존재야,
가서 누워 잠이나 자렴, 우린
그대 없이도 구원받을 거야.

공화주의자들은 왕홀을 들고 왕관을 쓴
그런 유령이 위의 선두에 선 것을 보면
우릴 마구 비웃을 거야.
그들은 고약한 재담을 만들어낼 거야.

그대 깃발도 더 이상 맘에 들지 않아.
옛날 독일의 바보들은
내가 대학생 학우회[10]에 있을 때 벌써
흑색-홍색-금색에 대한 내 기분을 망쳐버렸지.

그대는 여기 오래된 키프호이저에
머무르는 게 최선일지도 모르겠어.
내가 이 일을 아주 씀씀히 따져보니
우리한테 황제란 전혀 필요 없어."

10 나폴레옹에 대항하여 독일이 자유 전쟁을 벌인 후에 대학생 학우회에서 국수적이고 자유주의적인 강력한 운동이 일어났다. 그들의 깃발인 흑색-홍색-금색은 중세에 황제를 표시하는 색이라는 미확인 전설들이 나돌았다. 하이네 자신과 본과 괴팅겐 대학에 다닐 때 그 회원이었다. 하이네는 괴팅겐에서 학생들의 반(反) 유대적인 경향 때문에 국수주의적인 조합에서 쫓겨난 것 같다.

제17장

나는 황제와 꿈속에서 말다툼했다.
물론 꿈속에서다.
깬 상태에선 우리는
군주와 그렇게 반항적으로 말하지 않는다.

꿈을 꾸면서만, 이상적인 꿈속에서만
독일인은 감히 독일의 견해를 말한다.
충성스런 가슴속에
아주 깊이 감추어둔 생각을.

꿈에서 깨어나니 숲을 지나고
있었다, 나무들의 광경,
나무로 된 벌거벗은 현실[1]이

내 꿈을 쫓아버렸다.

참나무들은 진지하게 머리를 흔들었고,
자작나무와 그 잔가지들은 험하게 경고하듯
고개를 끄덕였다. 그리고 나는 외쳤다.
"용서해다오, 나의 친애하는 황제여!

용서해다오, 오, 붉은 수염이여, 경솔한 말을!
난 알고 있어, 그대가 나보다 훨씬
현명한 것을, 난 참을성이 없어
어서 와다오, 나의 황제여!

단두대가 맘에 안 들면
옛날식으로 하면 되지.
귀족은 칼로, 시민이나
작업복을 입은 농부는 밧줄로 하면 되지.

가끔씩만 뒤바꾸어 하면 되지
귀족은 밧줄에 매달고
시민이나 농부는 목을 베면 되지.

---

1 나무로 된 벌거벗은 현실은 앞의 이상적인 꿈과 대비되고 있다.

우린 모두 신의 피조물이니까.

중죄인 형사재판소[2]를 다시 복원시켜라
카를 5세의 형법 제도를.[3]
그리고 백성을 다시 신분
상인 조합과 수공업 조합에 따라 구분하라.

옛날 신성로마제국을
다시 복구하라, 온전히[4]
곰팡이 냄새 진동하는 잡동사니를 되돌려다오.
온갖 너절한 것과 함께.

중세, 어쨌든
옛날 그대로의 진짜 중세는
참아내겠어, 다만 우리를
저 잡종으로부터 구원해다오.

고딕식[5] 광기와 현대적 기만의

---

2 카를 5세(1519~56)의 유명한 중죄인 형사재판소. 독일 황제이자 스페인 왕이었던 그는 갖은 수단을 다해 종교개혁 분위기가 확산되는 것을 막았다.

3 1532년 카를 5세 때 최초의 통일 된 형법 제도가 도입되었다.

4 962년에 창설된 독일 신성로마제국은 나폴레옹의 침공으로 1806년 해체되었다.

구역질나는 잡탕인
죽도 밥도 아닌
저 각반 찬 기사 제도로부터.

3류 희극배우 무리를 쫓아버리고
옛 시대를 패러디하는
극장[6]들은 닫아버리렴.
어서 와다오, 오, 황제여!"

5 '고딕식'은 당시 '중세식'이라는 뜻 외에 '몰취미한, 조잡한, 야만적인'이라는 뜻을 지녔다.

6 하이네는 중세를 낭만적으로 묘사하는 당시의 역사극을 싫어했다. 독일의 과거를 신화화하는 그런 경향을 그는 '옛 시대를 패러디하는 것'이라 칭했다.

제18장

튼튼한 성채 민덴에는
훌륭한 방벽과 무기가 있다.
하지만 난 프로이센 요새들과는
즐겨 어떤 관계를 맺고 싶지 않다.

우린 저녁 무렵에 그곳에 도착했다
우리의 마차가 지나갈 때
도개교의 판자들이 너무 소름끼치게 삐걱거렸고
시커먼 해자(垓字)들이 아가리를 벌리고 있었다.

높이 솟은 방호벽들이 날 바라보았다.
너무 위협적이고도 짜증난 표정으로
큰 성문이 덜거덕거리며 열렸다가

덜거덕거리며 다시 닫혔다.

아! 내 마음은 우울해졌다.
폴리페모스가 동굴 앞에 큰 바위 덩어리를
밀어 놓는 소리를 들었을 때의
오디세우스의 마음처럼.[1]

하사 한 명이 마치 곁으로 다가와
우리 이름을 물었다.
"내 이름은 니만트[2]이고 안과 의사입니다.
거인의 내장안을 치료해줍니다."

여관에서는 기분이 더 나빠졌다.
음식이 영 구미에 맞지 않았다.
곧바로 잠자리에 들었지만 잠이 오지 않았다.

---

1 오디세우스는 각지를 떠돌다가 외눈 거인 폴리페모스의 동굴에 들어가게 된다. 폴리페모스가 누구냐고 묻자 교활한 오디세우스는 '우티스'라고 대답한다. 그는 불붙은 막대기로 그 괴물을 완전히 눈멀게 해서 위기를 모면한다. 하이네는 이 이야기를 바꾸어 자신을 오디세우스와 동일시하며 눈을 찔러 눈병을 치료하는 안과의사 니만트라고 자칭한다. 여기서 거인은 프로이센의 정치권력을 의미하며 그걸 넘어서서 모든 복고적인 이념과 경향을 의미한다고 볼 수 있다.

2 '니만트(Niemand)'는 그리스어로 '우티스', 영어의 '노바디(nobody)'에 해당한다. 눈을 찔린 거인이 비명을 지르자 동료 거인들이 달려와 무슨 일이냐고 물었다. 폴리페모스가 '우티스가 나를 죽이려 한다'고 대답했지만, 이 말은 "아무도 나를 죽이려 하지 않는다."로 들렸기에 동료 거인들은 다시 가버렸다.

이불이 아주 무겁게 내 몸을 짓누르고 있었다.

널찍한 깃털 이불이었고,

휘장은 붉은 다마스쿠스 산(産) 문직물이었다.

지저분한 술 장식이 달린

천개는 색이 바랜 금색이었다.

빌어먹을 술 같으니! 술 장식이

밤새 달콤한 휴식을 앗아가 버렸다!

그것은 마치 다모클레스의 칼처럼![3]

내 머리 위에 너무 위협적으로 매달려 있었다.

어떤 때는 뱀 대가리 같다는 생각이 들었고

술이 은밀하게 쉭쉭 하는 소리가 들렸다.

"너는 지금 요새에 들어와 있어

다시는 빠져나갈 수 없어!"

나는 한숨지었다.

"아, 집에 있을 것을

3 그리스 전설에 따르면 다모클레스의 머리 위에 단 한 오라기의 말 털에 의지하여 칼이 걸려 있었다. 오늘날 '다모클레스의 칼'이란 말은 '아주 위험한 상황'을 의미하는 뜻으로 쓰이고 있다.

파리의 내 사랑하는 아내 곁
포부르 푸아소니에르[4]에 있을 것을!

가끔 내 이마 위를 무언가
검열관의 차가운 손 같은 것이
문지르는 느낌이 들기도 했다.
그러면 내 생각은 물러났다.

수의에 감싸인 헌병들
뒤엉킨 흰 유령들이 내 침대를 에워쌌다.
쩔거덕거리는 쇠사슬 소리도
무시무시하게 들렸다.

아, 유령들은 나를 계속 끌고 갔다.
마침내 나는 어떤 가파른 암벽에
있는 것을 알게 되었다.
그곳에 난 꽁꽁 묶여 있었다.

사악하고 지저분한 천개 침대 술 장식 같으니!
다시 그것이 보였다.

---

4 하이네는 『독일. 어느 겨울 동화』를 쓸 당시 파리 포부르 푸아소니에르가(街) 46번지에서 살았다.

하지만 이젠 발톱과 검은 깃털을 지닌

한 마리 콘도르처럼 보였다.

천개는 이제 프로이센 독수리 같았고

내 몸을 꽉 움켜잡고는

내 가슴의 간을 쪼아 먹었다.[5]

나는 신음하며 탄식했다.

난 오랫동안 탄식했다. 그때 닭이 울었고

고열로 인한 환각이 희미해졌다.

나는 민덴에서 땀을 흘리며 누워 있었고

독수리는 다시 술 장식이 되었다.

나는 특별 우편마차를 타고 계속 여행하며

바깥의 자유로운 자연 속에서

뷔케부르크 땅[6]에서야 비로소

자유롭게 숨을 들이마셨다.

---

5 그리스의 프로메테우스 전설에 대한 암시. 프로메테우스는 신의 의지를 거슬러 인간에게 불을 선사한 벌로 바위에 묶여 독수리에게 가슴의 간을 쪼아 먹혔다.

6 뷔케부르크는 프로이센으로부터 독립을 유지하고 있는 주권 제후국 샤움부르크-리페의 수도였다.

제19장

오, 당통[1], 너는 아주 잘못 생각했어.
그러니 잘못을 회개해야 했어!
조국은 구두창과 발에
달고 다닐 수 있으니.

영주국 뷔케부르크의 절반이
내 장화에 들러붙어 있었다.
여태껏 나는 이런 진창길을
본 적이 없었다.

1 당통(Danton, 1759~94)은 프랑스 혁명기의 정치적 지도자였다. 친구들이 로베스피에르를 조심하라고 하면서 그에게 도망을 치라고 충고하자 이렇게 외쳤다고 한다. "도망치라고? — 조국을 구두창에 달고 다니라고?"

나는 뷔케부르크의 시내에서 마차에서 내렸다.
내 할아버지[2]가 태어난
본성(本城)을 보기 위해
할머니는 함부르크 출신이었다.

점심 무렵에 하노버에 도착해
장화를 닦게 했다.
난 즉각 이 도시를 구경하러 갔다.
난 여행에서 즐겨 유익함을 추구한다.

웬걸! 도시가 깨끗해 보이구나!
거리에는 오물이 없고
그곳엔 으리으리한 건물[3]들이 많이 보였다.
아주 위풍당당한 건물들이다.

호화스러운 집들로 둘러싸인
큰 광장 하나가 특히 마음에 들었다.
그곳엔 왕[4]이 살고 있고, 그의 궁전이 있다.

---

2 하이네는 그의 할아버지가 죽은(1780년 사망) 후 태어났다. 할아버지 하이만 하이네(Heymann Heine)는 뷔케부르크 출신이었지만 나중에 하노버로 이사했다. 그는 거기서 하이네의 할머니인 알토나 출신의 마테에바 포페르트(1799년 사망)와 재혼했다.

3 당시 하노버에는 옛 도시를 허물고 도시를 대대적으로 확장하는 건축공사가 한창이었다.

외관이 아름다운 궁전이다.

(말하자면 그 궁전의) 정문 앞 사방에 초소가 있다.
붉은 군복에 화승총을 든 입은 위병들이
그곳에서 보초를 서고 있다.
그들은 위협적이고 거칠어 보인다.

내 관광 안내인[5]이 말했다. "이곳에
에른스트 아우구스투스[6] 공이 살고 있어요.
그는 고령[7]의 아주 보수적인 경(卿)이자 귀족으로
나이에 비해 아주 정정합니다.

이곳에서는 그는 목가적으로 안전하게 살고 있지요.
그도 그럴 것이 우리 사랑하는 친지[8]들의 용기 부족이
어떤 무장 친위병[9]보다도

---

4 에른스트 아우구스트(1771~1851)는 왕이 되기(1837년에 왕이 됨) 전에 캄버랜드 경으로 영국 상원의 보수당인 토리당의 지도자였다. 그가 즉위한 직후에 시민과 농부들에게 제한적이나마 정치에 참여할 수 있게 1833년 9월 26일에 효력을 발생한 헌법을 폐기해 버렸다.

5 하이네가 하노버에서 만난 자유주의자 요한 헤르만 데트몰트(1807~56)를 지칭하는 것으로 보인다.

6 '아우구스트'라고 하는 대신 반어적으로 최초의 로마 황제 이름을 쓰고 있다.

7 아우구스트 공은 이때 이미 72세였다.

8 초고에는 '독일 혁명가'로 되어 있음.

9 초고에는 '총기'라고 되어 있음.

그를 더 잘 지켜주기 때문입니다.

나는 그를 가끔 보는데 그때마다 그는
이 직위가 너무 지루하다고 하소연합니다.
그가 지금 여기 하노버에서 맡고 있는
왕의 직위를 말입니다.

대영 제국의 삶에 익숙한 그에게
이곳은 너무 답답하다는 겁니다.
우울증에 시달리고, 혹 교수형을 당할까봐
진짜 겁난다는 겁니다.

그저께 아침 나는 그가 슬픈 표정으로
벽난로 옆에서 몸을 굽히고 있는 걸 목격했습니다.
자기의 병든 개들을 위해
친히 관장약[10]을 제조하고 있더군요."

10 에른스트 아우구스트 공이 1837년 헌법 갈등을 겪고 3년 뒤인 1840년 국민에게 허락한 타협적인 헌법을 암시한다.

제20장

하르부르크에서 함부르크까지 한 시간 동안 달렸다.
벌써 저녁이었다.
하늘의 별들이 나를 맞이해 주었고
공기는 온화하고 상쾌했다.

어머니[1]를 찾아뵙자
어머니는 무척 기뻐 어쩔 줄 몰라 하면서
"얘야!" 하고 소리쳤다.
그리고는 내 두 손을 세게 맞부딪혔다.

---

1 처녀 때 성이 판 겔더른인 하이네의 어머니 베티 하이네(Betty Heine, 1771~1859)는 1828년부터 함부르크에서 살고 있었다. 하이네는 1831년 5월 함부르크에서 파리로 떠나 '자발적인 망명'에 들어갔다.

"얘야, 그동안 거의
13년이란 세월이 흘렀구나!
무척 시장할 텐데
무얼 먹고 싶은지 말해 보렴.

생선과 거위 고기
그리고 맛있는 오렌지[2]가 있단다."
"그럼 생선과 거위 고기
그리고 맛있는 오렌지를 주세요."

내가 왕성한 식욕으로 먹기 시작하자
어머니는 행복해하고 즐거워하셨다.
어머니는 이런저런 질문들을 하셨는데
가끔 유도 질문도 있었다.

"얘야! 외지에서
꽤 세심한 보살핌을 받고 있느냐?
네 아내는 살림을 잘하고
양말과 셔츠도 꿰매주느냐?"

---

2 오렌지 비유는 하이네가 직접 생각해낸 것이 아니고 약간 다른 형식이지만 이미 볼테르가 사용한 적이 있었다.

"생선 맛이 좋아요, 어머니
하지만 생선 먹을 때는 말을 해서는 안돼요
가시가 목에 걸리는 수가 있거든요
이제 저를 방해하지 마세요."

맛있는 생선을 다 먹고 나자
거위가 식탁에 올려졌다.
어머니는 다시 이런저런 질문을 했다.
가끔 유도 질문도 있었다.

"얘야! 어느 나라가
가장 살기 좋더냐?
여기니 아니면 프랑스니?
그리고 어느 민족이 더 우수한 것 같니?"

"어머니, 독일의 거위 요리가 좋아요.
하지만 우리보다 프랑스인들이
거위 속을 더 잘 채워요.
소스도 프랑스 것이 더 좋고요."

거위 고기가 치워지자
어머니는 오렌지를 내왔다.

오렌지는 기대 이상으로
맛이 아주 달콤했다.

어머니는 매우 흡족해하시며
다시 질문하기 시작하셨다.
별별 질문들을 다 하셨는데
가끔 빈정대는 질문도 있었다.

"얘야! 지금 네 생각이 어떠니?
아직도 마음이 내켜서 정치 활동을 하니?
신념을 갖고 속해 있는
당파는 어디니?"

"어머니, 오렌지 맛이 좋아요,
정말 기꺼이
달콤한 즙을 꿀떡 삼켜요.
그런데 껍질은 남겨 놓았어요."

제21장

반쯤 불타버린 그 도시[1]는
서서히 재건되고 있다.
함부르크는 처참하게도
반쯤 머리 깎인 푸들처럼 보인다.

꼭 남아 있었으면 하는
많은 골목길들이 사라져버렸다.
내가 사랑의 첫 키스를 했던
집은 어디 있는가?

『여행 화첩』[2]을 찍은

1 함부르크에서 1842년 5월 5일부터 8일까지 대화재가 일어나 도시의 3분의 1이 파괴되고 2만 명이 넘는 이재민이 생겼다.

인쇄소는 어디 있는가?
내가 처음으로 굴을 먹어본
레스토랑 아우스터켈러는 어디 있는가?

그리고 드렉발[3]은 어디로 사라졌는가?
찾을 수 없구나!
내가 그토록 많은 케이크를 먹었던
천막 카페는 어디에 있는가?

시 정부와 시의회가 군림하던
시청은 어디에 있는가?
화염이 약탈해 갔구나! 화염은
가장 신성한 것을 지켜주지 않았다.

사람들은 아직도 불안에 떨며 한숨지었다.
그들은 슬픈 표정으로
그 끔찍한 대화재 이야기를
내게 들려주었다.

---

2 『여행 화첩』은 랑호프(Langhoff)와 뮐(Müll) 인쇄소에서 인쇄되었는데, 두 인쇄소는 화재로 소실되었다.

3 이 거리(Dreckwall)는 대화재가 일어난 후 알테 발슈트라세로 개칭되었다. 이 거리에 함부르크의 유대인 거주지가 있었다.

"사방에서 동시에 불이 타올랐어요.
보이는 것이라곤 연기와 화염뿐이었어요!
교회 첨탑들이 활활 불타오르다가
우지끈 소리를 내며 무너져 내렸지요.

옛 증권 거래소는 불타버렸어요.
그곳은 우리의 선조들이 생활하며
수 세기 동안 가급적 솔직하게
서로 거래했던 곳이지요.

도시의 은빛 영혼인 은행과
모든 사람의 예금액을 기입한
장부들, 다행스럽게도!
이것들은 없어지지 않았어요!

다행히도! 아주 먼 나라들에서도
우리를 위해 구호금을 모았어요.
수지맞는 장사[4]였지요 — 구호금은
무려 8백만 방코[5]에 달했어요.

---

4 함부르크에서 화재가 나자 독일이며 유럽 각지에서 엄청난 구호물자가 쏟아져 들어왔다. 하이네에게는 여전히 변함없는 함부르크의 물질적 성격을 드러내 보이는 게 중요했다. 파국도 수지맞는 장사였던 것이다.

모든 나라들로부터 우리가 벌린 손 안으로
돈이 흘러들었지요.
식료품도 받았고
어떤 의연품도 마다하지 않았어요.

옷과 침대가 충분히 답지했고
빵과 고기, 수프도 왔어요!
프로이센 왕은 심지어 우리에게
자기 군대를 보내주려고까지 했지요.

물질적인 손해는 보상되었어요.
그건 인정할 수 있어요.
하지만 공포, 우리가 겪은 공포는
아무도 보상해줄 수 없답니다!"

나는 격려의 말을 해주었다. "이보시오.
탄식하고 울상 지을 필요 없어요.
트로이[6]는 더 훌륭한 도시였지만

---

5 1873년까지 통용된 함부르크의 화폐 단위.

6 호메로스는 『오디세이아』에서 트로이의 파괴에 대해 보고한다. 이 작품이 하이네 시대나 그 후에까지 인문계 중고등학교의 필수 과목이었기 때문에 트로이 전쟁에서 벌어진 사건들은 일반적으로 잘 알려져 있었다.

그런데도 불타버리고 말았어요.

다시 여러분의 집을 짓고
더러운 물이 고인 웅덩이를 메우세요.
그리고 더 나은 법률을 만들고
더 나은 소방펌프를 장만하시오.

여러분의 송아지 고기 수프[7]에
가이아나 후추를 너무 많이 넣지 마세요.
잉어도 여러분의 건강에 좋지 않아요.
여러분은 잉어를 비늘과 함께 너무 기름지게 요리하니까요.

칠면조 고기는 그다지 해롭지 않아요.
하지만 시장의 가발 안에
자신의 알을 낳아 놓은 새의 간계는
조심하도록 하십시오.[8]

그 불길한 새[9]가 누군지는

---

7 바다거북 수프를 모방한 송아지 고기 수프를 말함.

8 벌써 1815년에 '자유 한자 도시'의 권리를 획득한 함부르크를 독일 관세 동맹에 가입시키려 한 프로이센의 노력을 말하고 있다.

9 여기서 사기꾼으로 비유되는 프로이센의 독수리를 지칭하고 있다.

여러분에게 말할 필요가 없겠지요.

그 새 생각을 하면, 먹은 음식이

내 위 속을 돌아다닌답니다.”

제22장

내가 보기에 도시보다
사람들이 더 많이 변한 것 같았다.
그들은 마치 걸어 다니는 폐허처럼
너무 상심하고 낙담해 돌아다닌다.

마른 사람들은 지금 더 말라 있고
살찐 사람들은 더 뚱뚱해져 있다.
대부분의 아이들은 늙었고
대부분의 늙은이들은 유치해졌다.

내가 떠날 때 송아지였던 것이
이제 황소가 되어 있었다.
그때 어린 거위이던 것이

이제 당당한 깃털을 지닌 어미 거위가 되어 있다.

늙은 구델[1]은 세이렌[2]처럼
분장하고 치장하고 있었다.
그녀는 검은 곱슬머리와
분부시게 하얀 의치를 장만했다.

내 친구인 종이 판매상[3]은
옛 모습 그대로였다. 노랗게 변한 그의 머리카락은
물결치듯 그의 머리를 에워싸고 있었다.
그는 마치 세례자 요한처럼 보인다.

멀리서만 보았을 따름인, ○○○○ 녀석[4]이
내 옆을 쏜살같이 지나갔다.

---

1 함부르크의 창녀 이름. 하이네는 1829년에 벌써 『여행 화첩』 제3부에서 '드렉발의 늙은 구델'이라고 언급하고 있다.

2 그리스 전설에 따르면 바다 요정 세이렌(Sirene)은 아름다운 노랫소리로 뱃사람을 유혹했다는 반인 반조(半人半鳥)의 요정이었다.

3 종이 판매상 에두아르트 미헬리스(Eduard Michelis, 1771~1847)는 하이네가 이전에 추문에 휩싸일 때 도와주었다.

4 ○○○○가 누구인지는 확실치 않으나 함부르크의 문필가 부름(Christian Friedrich Wurm)으로 추정된다. 그는 하이네의 작품에 비판적인 평론을 썼고, 하이네의 유대인 출신을 공격했다. 하이네가 몇 편의 연애시를 바쳤던 사촌 하이네 테레제(1807~80)의 남편 아돌프 할레(Adolf Halle, 1798~1866) 박사라고 말하는 사람도 있다. 하이네는 1831년에 함부르크의 법률 고문 자리를 놓고 경쟁하다 할레에게 빼앗기고 말았다.

비버[5] 회사에 보험을 들었던 그 녀석은
듣자니, 정신이 불타 없어졌다고 한다.

나의 옛 검열관[6]도 다시 보았다.
허리 굽은 그는 안개 낀
거위 광장에서 나와 마주쳤다.
그는 풀이 푹 죽어 보였다.

우린 악수를 나누었고
그의 눈엔 눈물이 글썽거렸다.
그는 나를 다시 만나보고 너무 반가워했다!
그건 하나의 가슴 찡한 장면이었다.

내가 지인을 모두 만난 것은 아니었다.
어떤 사람은 그 동안 저 세상으로 갔다.
아! 심지어 나의 굼펠리노[7]조차

---

5 함부르크의 보험회사 사장인 비버(Georg Ehlert Bieber, 1761~1845)를 말함. 그는 화재 사건이 일어난 후 화재 보험금을 지급할 수 없었다. 보험료가 낮아서 소시민들과 중소상인들이 비버한테 보험에 들었다.

6 호프만(Friedrich Ludwig Hoffmann, 1790~1871)은 1822년에서 48년까지 함부르크의 검열관으로 있었다. 그는 하이네의 『여행 화첩』 1권(1826년)과 『고발자에 대해서』(1837년)를 검열했다.

더 이상 만나볼 수 없었다.

그 고귀한 자는
막 위대한 숨을 거두었고
이제 세라핌[8]으로 변용하여
여호와의 보좌 주위를 떠돌 것이다.

등이 굽은 아도니스[9]를 찾아보았으나
어디서도 만날 수 없었다.
그는 함부르크의 골목에서
도자기 접시나 요강을 헐값에 팔았다.

충직한 푸들 사라스[10]는 죽었다.
막대한 손실이다! 장담컨대
캄페로서는 수십 명의 문필가를 잃는 것이
차라리 더 나았으리라.

---

7 은행가 라자루스 굼펠(Lazarus Gumpel, 1768~1843)을 말함. 그는 하이네가 함부르크에 체류할 때 사망했다. 하이네는 『하르츠 여행기』, 『위대한 책』, 『루카의 온천장들』에서 그의 속물근성을 조롱한다.

8 여호와 주위를 떠도는 날개 여섯 달린 존재로 나중에 천사의 반열에 오른다.

9 도자기 판매상인 엘트예(Eeltje)를 일컫는 것으로 보인다. 그는 당시 함부르크의 명물이었다. 그는 키가 작고 멍청했던 것 같다. 아도니스는 원래 그리스 전설에서 여신 아프로디테의 애인으로 일반적으로 미소년을 일컫는 말로 쓰인다.

10 하이네의 책을 내주는 출판업자인 율리우스 캄페의 사냥개를 말한다.

도시국가 함부르크 시의 주민은
유사 이래 유대인과 기독교인으로
이루어져 있다. 기독교인도
기부를 그리 많이 하지는 않는다.

기독교인은 모두 꽤 선량하고
또한 점심 식사에 잘 먹는다.
그리고 어음에 신속히 돈을 결재한다.
마지막 지불일 이전이라도.

유대인들은 서로 다른
두 파로 다시 갈라져 있다.[11]
늙은 전통주의자들은 시나고그로 가고
젊은 개혁주의자들은 신전으로 간다.

젊은이들은 돼지고기를 먹고[12]
반항적인 모습을 보인다.
그들은 민주주의자들이고, 반대로

---

11 1816년에 함부르크의 유대인은 예배 형식의 문제 때문에 신전협회(Tempelverein)와 시나고그(Synagoge)로 갈라졌다. 하이네는 유대인의 이러한 다툼을 무의미한 것으로 보았다.

12 구약성서에서 돼지고기는 불순한 것으로 간주되므로 정통파 유대인들은 돼지고기 요리를 먹지 않는다.

늙은이들은 비루먹은 귀족 나부랭이[13]들이다.

나는 두 편 모두 사랑한다.
하지만 영원한 신을 걸고 맹세컨대
나는 어떤 작은 물고기들을 더 좋아한다.
그것들은 훈제 청어라고 불린다.[14]

13 '귀족적인'이라는 뜻의 'aristokratisch'와 '옴에 걸린, 비루먹은'이라는 뜻의 'krätzig'를 유머러스하게 결합한 단어.

14 하이네는 예배형식을 둘러싼 유대인들의 다툼을 무의미하게 보고 있다.

제23장

공화국으로서 함부르크는
베네치아나 피렌체만큼은 결코 위대하지는 못했다,
하지만 굴은 함부르크가 더 낫다,
굴 요리[1]는 로렌츠 폰 켈러 식당이 최고다.

어느 아름다운 저녁,
나는 캄페와 그곳에 갔다.
우리는 그곳에서 라인 포도주와 굴을
실컷 먹으려고 했다.

나는 그곳에서 좋은 술친구들도 발견했다.

1 요리가 맛있는 것으로 유명한 함부르크의 식당.

예컨대 쇼퍼피에[2]같은 많은 옛 동지들을
기쁜 마음으로 다시 만났다.
또한 많은 새로운 형제들도.

그곳에는 빌레[3]도 있었다.
그의 얼굴은 대학 시절의 적들이
칼로 내리쳐 꽤 읽기 쉽게
새겨놓은 기념첩이었다.

그곳에는 맹목적인 이교도이자
여호와의 개인덕인 적인 푹스[4]도 있었다.
그는 오로지 헤겔만을
또 가령 카노바[5]의 비너스를 신봉한다.

나의 캄페는 암피트리오[6]였고

---

2 헤르만 드 쇼퍼피에(Hermann de Chaufepié, 1801~56)는 함부르크의 유명한 의사였다.

3 빌레(François Wille, 1811~96)는 당시 함부르크의 편집인이었다. 빌레의 자신의 말에 따르면 하이네는 그에게 『독일. 어느 겨울 동화』의 원고를 읽어 주었는데 빌레가 몇 군데에 이의를 제기하자 그 부분을 다르게 고쳤다고 한다.

4 푹스 박사(Freidrich August Fucks, 1811~56)는 함부르크의 고등학교 철학 교사였다. 하이네는 1843년 11월 함부르크에서 빌레와 푹스를 만났다.

5 조각가인 카노바(Antonio Canova, 1757~1833)는 이탈리아 고전주의의 대표자였다. 나폴레옹의 누이인 파울리네 보르게제를 모델로 삼아 만든 대리석상 〈비너스〉가 가장 유명하다.

기쁨에 넘쳐 미소 지었다.
그의 눈은 변용된 마돈나처럼
축복을 발하고 있었다.

나는 왕성한 식욕으로 먹고 마셔댔다.
그리고 마음속으로 생각했다.
'캄페는 정말 위대한 사람이야
모든 출판인들 중 꽃이야.

다른 출판인이라면 아마 나를
굶겨 죽였을지도 몰라.
그런데 캄페는 심지어 마실 것까지 주니
결코 그의 곁을 떠나지 않을 거야.'[7]

나는 높은 곳에 계시는 창조주께 감사드린다.
그분은 포도즙을 만드시고
출판인 율리우스 캄페를
내게 주셨으니!

---

6 암피트리오는 고대 코미디 물의 주인공으로, 하이네는 몰리에르가 각색한 『암피트리온』을 알고 있었다. 여기서 암피트리오는 '손님 접대의 주인'의 의미로 캄페의 후한 손님 접대를 암시하고 있다.

7 하이네와 캄페 사이에는 자주 알력이 있었는데, 이는 하이네가 그의 작품 인세로 생활한 탓이 크다. 그렇지만 하이네는 결코 출판사를 바꾸지 않았다.

나는 높은 곳에 계시는 창조주께 감사드린다.
그분은 '있으라'는 위대한 말씀으로
바다에는 굴을 만드시고
땅에는 라인 포도주를 만드셨으니!

그분은 굴을 적셔주는
레몬도 자라게 하셨다.[8]
아버지시여, 이제 오늘 밤
먹은 음식이 잘 소화되게 해주소서!'

라인 포도주는 늘 내 기분을 풀어준다.
그리고 내 마음속의 모든 갈등을
해소시켜주고, 내 마음속에서
인간에 대한 사랑의 욕구를 불붙여준다.

그 욕구에 난 방 안에 있지 못하고
길거리를 배회할 수밖에 없다.
영혼은 하나의 영혼을 찾고,
보드라운 흰 옷이 있는지 살핀다.

---

8 에른스트 모리츠 아른트의 애국시 「조국의 노래」(1812)에 대한 패러디이다.

그런 순간이면 나는 우수와 그리움 때문에
거의 녹아내릴 지경이다.
고양이들은 내게 모두 회색으로 보이고[9]
여인들은 모두 헬레나[10]로 보인다.

드레반[11]에 도착하니
어스름한 달빛 속에
숭고한 여자가 보였다.
놀랍도록 가슴이 풍만한 여자였다.

얼굴은 둥글고 튼실하며
두 눈은 터키옥처럼 푸르다.
두 뺨은 장미 같고, 입술은 앵두 같으며
코도 약간 불그스름하다.

빳빳한 흰 아마포 모자[12]가

---

9 '밤에는 모든 고양이들이 회색이다'는 속담을 원용한 것. 이 말은 '어두우면 사물이 분간이 안 된다'는 뜻이다.

10 괴테의 『파우스트』 중 메피스토펠레스가 하는 말이다. "이 약이 네 몸에 들어갔으니 모든 여자가 헬레나로 보일 것이다." 미의 전형으로 간주되는 헬레나 때문에 트로이 전쟁이 일어났다.

11 함부르크에서 악명 높은 창녀촌.

12 처음에는 그 모자는 함부르크 시의 문장(紋章)을 나타냈으나 동시에 밤에 쓰는 모자를 상기시키기도 한다. 그래서 이 모자를 쓴 자는 함부르크에서 정치적인 반동의 상징이 된다.

그녀의 머리를 덮고 있었다.
모자는 작은 첨탑과 톱니 모양의 성첩(城堞)이 있는
성벽관(城壁冠)처럼 주름 잡혀 있다.

그녀가 입은 하얀색 반코트는
장딴지까지 내려왔다.
그런데 저 장딴지는 어떤가!
그 주춧대는 두 개의 도리스식 기둥 같구나.

사람들은 그녀 얼굴 표정에서
아주 세속적인 자연스러움을 읽어낼 수 있었다.
하지만 엄청나게 큰 엉덩이는
더욱 고귀한 존재임을 드러내주었다.[13]

그녀는 내게 다가와 말했다.
"30년 만에 엘베 강에
오신 걸 환영해요, 내가 보기에
그대는 아직 옛날 그대로군요!

그대는 아마 그토록 자주 만난

---

13 '아름다운 엉덩이를 지닌'이라는 것은 아프로디테(비너스)의 별명이다.

아름다운 영혼들을 찾고 있겠지요.
이 아름다운 지역에서
그대와 함께 밤새 몰려다닌 아름다운 영혼들을.

삶이 그들을 집어 삼켰죠, 그 괴물이
머리가 백 개나 달린 그 히드라[14]가
옛 시절과 그 옛 시절 여자들은
다시 찾을 수 없어요!

젊은 가슴이 신처럼 숭배한
고운 꽃들을 다시는 볼 수 없어요.
이곳에 피었다가 — 이젠 시들어버렸어요.
폭풍우에 잎이 떨어졌지요.[15]

시들고, 잎이 떨어지고, 심지어는
거친 운명의 발길에 짓밟혔답니다.[16]
이보세요, 이것이 지상의 모든 아름다운 것과
달콤한 것이 지닌 숙명이에요!"

---

14 헤라클레스가 죽인 머리 아홉 개 달린 괴물 뱀.

15 레싱의 드라마 『에밀리아 갈로티』에 대한 패러디. 『아타 트롤』에서도 하이네는 그 결말을 조롱한 적이 있었다. 죽는 장면에서 에밀리아는 "폭풍우에 잎이 떨어지기 전에 꺾인" 장미로 나타난다.

그대는 누구요 — 난 소리쳤다 — 그대는 나를
옛날의 꿈처럼 보고 있군요.
거대한 여인이여, 어디서 살고 있소?
그대를 바래다줘도 되겠소?"

그러자 여인은 미소 지며 말했다.
"착각하지 마세요, 난 우아하고
얌전하며 품행방정한 사람이에요.
착각하지 마세요, 난 그렇고 그런 여자가 아니에요.

난 그런 하찮은 아가씨가 아니에요,
프랑스의 그런 창녀 말이에요.
알아두세요, 난 하모니아[17]랍니다.
함부르크를 지켜주는 여신 말이에요!

멈칫하며 깜짝 놀라기까지 하는군요.

---

16 실러의 『발렌슈타인』 4막 12장에 나오는 장면을 패러디한 것처럼 보인다.

"거칠고 차가운 운명이
친구의 연약한 몸을 붙잡고
말발굽 아래에 던져 버린다. 그게
지상에서 그 아름다운 사람의 운명이다."

17 함부르크를 라틴어로 일컫는 말(1500년부터). 여기서는 함부르크의 수호여신을 지칭하고 있다. 하이네의 이러한 의인화가 사람들을 불쾌하게 만들었을 것이다.

평소에는 그토록 용감하던 가인이!
아직도 저를 바래다주시겠어요?
좋아요, 그렇다면 더는 망설이지 마세요."

하지만 난 큰 소리로 웃으며 외쳤다.
"당장 따라가겠어요.
앞서 가면 따라가겠어요.
설사 지옥에 간다 해도 말이오!"

제24장

그 좁은 계단을 어떻게
올라왔는지, 난 말할 수 없다.
아마 눈에 보이지 않는 유령들이
나를 위로 들어 올렸는지 모르겠다.

이곳 하모니아의 방에서는
시간이 금방 흘러갔다.
여신은 나에 대해 늘
호감을 느꼈다고 고백했다.

"보세요" — 그녀가 말했다 — "전에는
시인이 저에게 가장 소중했어요.
경건한 칠현금으로

메시아를 찬미한 시인 말이에요.

저기 장롱 위에는 지금도
클롭슈토크[1]의 흉상이 서 있어요.
하지만 몇 년 전부터는 그것을
모자걸이[2]로만 쓰고 있답니다.

이제 그대가 나의 총아랍니다.
침대 머리맡엔 그대 초상화가 걸려 있어요.
그리고 보세요, 싱싱한 월계수가
사랑스러운 초상화의 테두리를 장식하고 있어요.

다만 문제는 그대가 내 아들들을
너무 자주 헐뜯는 거예요, 고백하자면
난 때로 깊은 상처를 받았어요.
다시는 그런 일어 생겨서는 안 됩니다.

세월이 그런 나쁜 버릇을
치유해 주었기를 바라요.

---

1 클롭슈토크(Friedrich Gottlieb Klopstock, 1724~1803)는 1770년부터 죽을 때까지 함부르크에서 살았다. 그의 가장 중요하고 영향력이 있는 작품인 종교적·감상적 서사시 『메시아*Der Messias*』로 그는 독일 국민에게 민족성을 고양하려 했다.
2 모자를 얹어 두어도 모자 모양이 망가지지 않도록 조각한 두상을 일컫는 말.

심지어 바보들에게도 더 많은
관용을 베풀게 해주었기를 바라요.

하지만 말씀해주세요, 어떻게 이런 계절에
북쪽으로 여행할 생각이 들었는지요.
날씨는 벌써 겨울로
접어들었는데요!"

"오, 나의 여신이여!" — 나는 대답했다 —
"종종 부적당한 때에 깨어나는
가슴 속 밑바닥의 생각들은
깊이 잠들어 있는 법이오.

겉으로는 꽤 잘 지냈지만
속으로는 답답했어요.
답답한 마음은 나날이 커져
향수병에 걸렸어요.

평소에 그토록 가볍던 프랑스 공기가
나를 짓누르기 시작했어요.
질식하지 않으려면 이곳 독일에서
숨을 돌려야 했어요.

독일의 담배 연기며
이탄(泥炭) 냄새가 그리웠어요.
내 발은 독일 땅을 쿵쿵 밟고 싶어
초조한 마음에 부르르 떨렸어요.

난 밤마다 한숨 지며 그리워했어요.
그 부인을 다시 보았으면 하고
담토어가(街)에 살고 계신 그 늙은 부인 말이오.
로테도 부근에 살고 있지요.[3]

항상 꾸짖으면서도
늘 관대하게 나를 지켜주었던
그 고상한 늙은 신사[4]를 생각하면서도
많은 한숨을 쉬었어요.

난 그의 입에서 '멍청한 녀석!'이라는 말을
다시 듣고 싶었어요.
그 소리는 항상 음악처럼
내 가슴 속에 여운을 남겼어요.

---

3 하이네의 어머니 베티 하이네는 함부르크 대화재 이후 담토어 가에서 살았다. 로테는 하이네의 여동생 샤를로테 엠브덴(1800~99)을 가리킨다.
4 하이네는 삼촌 잘로몬(Salomon, 1767~1844)으로부터 종종 경제적 도움을 받았다.

독일의 굴뚝에서 피어오르는
파란 연기가 그리웠어요.[5]
니더작센의 밤꾀꼬리며
조용한 너도밤나무 숲이 그리웠다오.

난 심지어 여러 장소들
청춘의 십자가와
내 가시면류관을 끌고 갔던[6]
그 수난의 장소들도 그리웠어요.

나는 한때 쓰디쓴 눈물을 뿌렸던
곳에서 울려고 했어요.
내 생각에 이런 어리석은 그리움이
애국심이라 불리는 것 같아요.

난 애국심이란 말을 즐겨 쓰지 않아요.
그건 근본적으로 하나의 병에 불과하다오.
부끄러운 심정으로, 난 대중에게
항시 내 상처를 숨기고 있지요.

---

5 하이네가 벌써 『아타 트롤』에서 사용한 적이 있는 『오디세이아』에 나오는 귀향의 모티프. 오디세우스는 고향의 섬인 이타카의 굴뚝에서 나오는 연기를 그리워한다.

6 하이네가 직업을 얻는 데 실패한 불행한 청년 시절을 상기시킨다.

사람들 마음을 움직이기 위해
온갖 궤양이 담긴 그 애국심을
과시하는 룸펜 무리는
참으로 꼴불견이라오.

그들은 염치없고 초라한 거지들이오.
그들은 적선을 바라지요.
멘첼과 그의 슈바벤 동료들을 위해
한 푼 어치의 인기 말이오!

오, 나의 여신이여, 보다시피 난 오늘
유약한 기분이오.
약간 병이 들었지만, 스스로를 돌보면
곧 건강해질 거요.

그래요, 난 병이 들었어요, 그리고 그대는
한 잔의 좋은 차로
내 영혼에 생기를 불어넣을 수 있을 거요.
그 차에는 럼주를 섞어야 하오."

제25장

여신은 나를 위해 차를 끓여
럼주를 부어넣었다.
하지만 그녀 자신은
차는 전혀 마시지 않고 럼주만 즐겼다.

그녀는 내 어깨에 머리를 기대며
(그래서 성벽관, 즉 모자가
약간 구겨졌다.)
그리고는 부드러운 어조로 말했다.

"난 그대가 풍기 문란한 파리의
경박한 프랑스인들 곁에서
아무런 감독을 받지 않고 살지 않나

생각하고 때로 깜짝 놀란답니다.

그대는 그곳에서 이리저리 떠돌며
멘토[1]로서 그대에게 경고하고 이끌어줄
한 명의 충실한 독일 출판인조차
곁에 두지 못하고 있어요.

그리고 그곳은 유혹이 너무 많아요.
그곳엔 너무 많은 공기의 요정[2]들이 있어요.
그들은 건강하지 않아서[3], 사람들은
자칫하면 마음의 평화를 잃어버리기 쉽지요.

돌아가지 말고 우리 곁에 남아 있어요.
이곳엔 아직 기율과 도덕이 지배하고 있고
이곳, 우리들 사이에서도
잔잔한 즐거움이 꽃피어난답니다.

---

1 사부(Mentor)는 그리스 전설에서 오디세우스의 친구이며 조력자이자 그의 아들 텔레마코스의 아버지 같은 조언자였다. 여기서는 간접적인 검열 형식을 암시하는 것으로 볼 수도 있다.

2 Sylphiden(공기의 정령). 여기서는 유혹적인 젊은 소녀를 가리킴.

3 그녀들이 건강하지 않다는 것으로 보아 공기의 요정(Sylphiden)이 매독(Syphillis)을 암시하는 것으로 보인다.

우리 곁 독일에 계세요.
예전보다 지금이 더 맘에 들 거예요.
우리는 앞으로 나아가고 있어요.
그대 자신도 분명 그 진보를 확인했겠지요.

검열도 이젠 엄하지 않아요.
호프만은 더 늙어 부드러워졌어요.
그러니 이젠 젊을 때처럼 분노하며
그대의 『여행 화첩』[4]을 삭제하지 않아요.

그대 자신도 이제 더 늙고 부드러워져서
여러 가지 면에 순응할 거예요.
그리고 과거조차도 더 나은
빛 속에서 바라볼 거예요.

그래요, 예전에 우리가 독일에서
너무나 끔찍하게 지냈다는 말은 과장이에요.
사람들은 옛날 로마에서처럼 자살을 해서
노예 상태로부터 벗어날 수 있었지요.

---

4 이 작품으로 하이네는 대번에 유명하게 되었다.

국민은 사상의 자유를 누렸지요.
대부분의 국민은 그랬지요.
소수의 사람들만이
자유를 속박 당했어요.

무법적인 횡포는 결코 만연하지 않았어요.
아무리 불순한 선동가[5]라 할지라도
판결을 받지 않으면
결코 공민권을 박탈당하지 않았어요.[6]

궁핍한 시대였다 해도
독일 사정이 결코 그렇게 나쁘진 않았어요.
믿어주세요, 독일의 감옥에서
굶어 죽는 자는 한 명도 없었어요.

옛날엔 믿음과 정감이란
그토록 많은 아름다운 현상이
꽃피었어요. 하지만 지금은
의심과 부정[7]만이 만연하고 있지요.

---

5 하모니아는 특히 3월 혁명 전기(1840~48)의 혁명가를 말한다.

6 하이네는 문필가 요한 야코비(1805~77)에게 내려진 조치를 암시하고 있다. 야코비는 자신 만든 정치적 전단 때문에 1841년 형사 소추를 당했다.

실질적인 외적 자유가
우리가 가슴속에 품었던 이상을
언젠가는 말살할 거예요 — 그 이상은
백합의 꿈처럼 무척이나 순수했답니다!

우리의 아름다운 시문학도 소멸할 거예요.
이미 어느 정도는 소멸한 셈이죠.
프라일리그라트의 흑인 추장[8]도
다른 왕들과 함께 죽을 겁니다.

후손은 충분히 먹고 마시겠지요.
하지만 정관적인 고요함 속에서 그러지는 않을 거예요.
요란한 소리를 내며 대 활극이 벌어질 거고
목가는 끝날 거예요.

오, 그대가 침묵할 수만 있다면
그대에게 운명의 책을 개봉하겠어요.
내 마법의 거울로 그대에게

---

7 의심과 부정은 계몽주의 비판철학의 핵심이다.

8 프라일리그라트는 그의 유명한 담시 『흑인 추장*Mohrenfürst*』으로 그의 시대의 인권 침해에 대해 항의하고자 했다. 하이네는 흑인 추장의 몰락이 당시의 독일 사정을 비판하는 데 적합하지 않은 것으로 생각되어 『아타 트롤』에서 그에 대해 조롱했다.

훗날의 모습을 보여드리겠어요.

죽을 운명인 인간에겐 결코 보여주지 않는 것을
그대에게 보여주고 싶어요.
그대 조국의 미래를 —
하지만 아! 그대는 입 다물 수 없을 거예요!"

"맙소사, 오, 여신이여!" — 나는 황홀해 외쳤다 —
"그것은 나의 가장 큰 즐거움이겠지요.
미래의 독일을 내게 보여주세요.
난 사나이고, 입이 무거워요.

어떤 맹세라도 하겠어요.
나의 침묵을 보증하기 위해
그대가 요구하는 맹세 말이오.
말해 보세요, 어떻게 맹세하면 될까요?"

그러자 여신이 대답했다.
"아버지 아브라함의 방식으로 맹세해줘요.
엘리제른이 길을 떠나려고 할 때
아브라함이 그에게 맹세하라고 시킨 방식처럼요.[9]

내 옷자락을 걷어 올리고
그대 손을 내 엉덩이 밑에 대세요.
그리고 말과 글로
내게 침묵을 맹세해줘요!"

장엄한 순간이었다!
태곳적 조상[10]의 관습에 따라
언약했을 때, 내게
마치 태고의 입김이 불어오는 느낌이었다.

나는 여신의 옷자락을 들어 올리고
그녀의 엉덩이 밑에 내 손을 댔다.
말과 글로
침묵을 언약하면서.

---

9 창세기 24장 2절 참조. "아브라함이 자기 집 모든 소유를 맡은 늙은 종에게 이르되 청하건대 내 허벅지 밑에 네 손을 넣으라."

10 구약성서의 인물들인 아브라함, 이삭, 야곱을 말한다.

제26장

여신의 뺨은 무척 붉게 타올랐다
(럼주가 그녀의 성벽관으로
올라간 모양이다.) 여신은 내게
매우 애수에 찬 어조로 말했다.

"난 늙어가고 있어요. 난 함부르크가
세워진 날에 태어났지요.
이곳 엘베 강 어귀에 사는
대구의 여왕이 어머니였어요.

내 아버지는 카룰루스 마그누스[1]라

1 카를 대제를 말함. 그는 죽기 몇 년 전인 814년 이교도의 침입에 대항하기 위해 엘베 강가에 하마부르크 성을 축조했다고 한다.

불리는 위대한 군주였어요.
그분은 심지어 프로이센의 프리드리히 대제보다도
더 강력하고 현명한 분이셨어요.

그분이 대관식 날에 앉으셨던
의자는 아헨에 보관되어 있어요.[2]
그분이 밤에 앉았던 침실용 변기는
선량한 어머니가 물려받았어요.

어머니는 그 변기를 내게 넘겨주셨죠.
겉보기엔 보잘것없는 가구예요.
하지만 로트실트[3]가 전 재산을 준다 해도
넘겨주지 않을 거예요.

보세요, 저 구석에
낡은 안락의자가 있지요.
등받이 가죽은 찢겨져 있고
쿠션은 좀이 먹었어요.

---

2 카를 대제는 서기 800년 성탄절 로마에서 황제로 등극했다. 그가 황제로 등극할 때 앉은 의자는 아헨 성당의 팔츠 예배당에 보관되어 있다. 독일 왕들은 936년부터 1531년까지 아헨에서 대관식을 가졌다.

3 프랑크푸르트 암 마인에서 출발한 은행가 가문으로, 하이네는 파리의 은행가 제임스 로트실트(1792~1868)와는 개인적으로 아는 사이였다.

그렇지만 저기 가서
안락의자의 쿠션을 들어보세요.
그러면 둥근 구멍이 보이는데
그 밑에 냄비 하나가 있어요.

그것은 마법의 힘이 피어오르는
마법의 냄비랍니다.
그 둥근 구멍에 머리를 끼우면
미래가 보일 거예요.

거기서 독일의 미래가 보일 거예요.[4]
물결치는 환상처럼 말이에요.
하지만 분뇨에서 독기가 올라와도
두려워 떨지 마세요!"

그녀는 말하면서 이상하게 웃었지만,
나는 놀라지 않았다.
나는 호기심에 차 내 머리를

4 변기 에피소드는 델피의 신탁에 대한 패러디이다. 델포이의 무녀 퓌티아는 땅의 틈새 위의 세 발 달린 의자에 앉아 신탁을 내릴 때면 늘 정신이 몽롱한 상태에 있었다. 그녀가 횡설수설하는 건 술에 취해서가 아니라 '가스 중독' 상태에 있어서이다. 신전의 지하에 내려가 땅 속 깊은 곳에서 새어 나오는 화산가스를 흡입하고 올라오기 때문이다. 게오르크 뷔히너는 1836년 생겨난 희극 『레옹스와 레나』에서 허구적인 두 소국을 포포(둔부)와 피피(오줌)로 칭하면서 하이네의 분뇨 메타포를 선취하고 있다.

그 끔찍한 둥근 구멍에 서둘러 끼워 넣었다.

나는 본 것을 폭로하지 않겠다.
침묵하겠다고 약속했기 때문에.
오, 신이여! 내가 맡은 냄새를
차마 말할 수 없다니!

내가 그때 맡은 비열하고 대단히 불쾌한
서막 냄새를 생각하면 지금도 혐오감이 든다.
그것은 오래된 석탄과 러시아 가죽 냄새를
뒤섞어놓은 것 같았다.

오, 신이여! 나중에 피어오른
냄새는 끔찍했다.
마치 서른여섯 개[5]의 구덩이에서
분뇨를 칠 때 나는 냄새 같았다.

나는 생쥐스트[6]가 전에 공안위원회[7]에서

---

5 독일이 서른여섯 개의 연방으로 이루어져 있음을 암시한다.

6 생쥐스트(Louis Antoine de Saint-Just, 1767~94). 프랑스 대혁명 당시 급진적 성향의 프랑스 정치 지도자.

7 프랑스 대혁명 당시 공포정치를 하는 동안(1793~94) 최고 정부 기구.

한 말을 알고 있다.
그는 장미유와 사향으로는 이 중병[8]을
치유할 수 없다고 했다.

하지만 독일의 이 미래 냄새는
여태껏 내 코가 맡은
모든 것을 능가했다.
나는 그 냄새를 더 이상 견딜 수 없었다.

나는 의식을 잃었다. 그랬다가 눈을 떠보니
내 옆에 여신이 아직 앉아 있었다,
내 머리는 그녀의 풍만한
가슴에 기대어 있었다.

여신의 눈은 번쩍였고, 입은 달아올랐으며,
콧구멍은 실룩거렸다.
그녀는 술에 취한 듯 시인을 껴안고는
소름끼치게 거친 황홀경에 빠져 노래했다.

"내 곁 함부르크에 머물러요.

---

8 생쥐스트가 한 말에 따르면 여기서 중병은 사회적인 폐해, 특히 계급차별을 말하는 것으로 이해된다.

난 그대를 사랑해요,
우리 현재의 포도주와 굴을 먹고 마셔요.
암울한 미래는 잊어버리고요.

뚜껑을 덮어버려요! 악취가
우리의 기쁨을 망치지 않게요.
난 그대를 사랑해요, 일찍이 어느 여인이
독일의 어느 시인을 사랑한 것처럼 말이에요!

입맞춤 할게요. 그러면 그대의 창조적 정신이
나를 감격시키는 게 느껴져요.
어떤 놀라운 도취가
내 영혼을 사로잡아버렸어요.

길에서 야경꾼의
노래 소리를 들은 것 같아요.
그건 결혼 축가, 결혼식 음악이에요.
내 쾌락의 감미로운 길동무군요!

이제 훨훨 타오르는 횃불을 들고
말을 탄 하인들도 오고 있어요.

그들은 단정하게 횃불 춤[9]을 추어요.

뛰어오르고 뛰어다니고 비틀거리며 걷고 있어요.

고귀하고 현명하신 시 참사원[10]이 오고 있어요.

고위 원로들[11]도 오고 있어요.

시장은 헛기침을 하고 있어요.

연설을 하려나 봐요.

번쩍이는 제복을 입은

외교단이 나타나고 있어요.

그들은 이웃 나라들의 이름으로

조건부 축하를 하네요.

성직자 대표단이 오고 있어요.

유대교 랍비와 목사들이 말이에요.

하지만 아! 저기 호프만도 오고 있어요.

자기 검열 가위를 들고 말이에요!

---

9 고대 제식에서 결혼식 때 횃불이 사용되었고, 중세에는 횃불 춤이 결혼식 피로연의 결말을 이루었다.

10 함부르크의 최고 정부 기구.

11 한자 도시의 입법에 참가하는 원로회의를 구성하는 15명의 위원들.

가위가 그의 손에서 찰칵찰칵 소리 나요.

그 난폭한 작자가 그대 몸을 향해

달려들어 — 살을 잘라내요 —

그건 그대의 가장 중요한 부위였어요."

제27장

저 불가사의한 밤에 무슨 일이
계속 일어났는지는
따뜻한 여름날 다음 기회에
여러분에게 들려주겠다.

위선의 옛 세대는
오늘날 다행히도 사라져가고 있다.
그 세대는 점점 무덤 속에 가라앉아
거짓말하는 병에 걸려 죽어가고 있다.

허식과 죄악이 전혀 없고
자유로운 사상과 거리낌 없는 쾌락을 추구하는
새 세대가 자라고 있다.

나는 그 세대에 모든 것을 분명히 말해주리라.

시인의 긍지와 가치를 이해하는
청춘이 벌써 싹트고 있다.
시인의 가슴으로, 시인의 태양[1]의 마음으로
따뜻하게 데워지는 청춘이.

내 가슴은 빛처럼 사랑하고
또 불꽃처럼 순수하고 순결하다.
더없이 고귀한 우아미의 세 여신[2]들이
내 칠현금[3]의 현을 조율했다.

이것은 언젠가 내 아버지
뮤즈[4]들의 총아인
고(故) 아리스토파네스 씨[5]가
연주한 바로 그 칠현금이다.

---

1 하이네의 작품에서 태양은 진리, 자유, 혁명에 대한 상징으로 쓰인다.

2 우아, 매력, 쾌활을 구현하는 세 여신을 말함.

3 칠현금은 뮤즈들을 거느리는 아폴로의 속성으로서 고대에 시문학의 상징이었다.

4 'Kamöne'는 원래 예언을 하는 '샘의 여신'인데, 후에 뮤즈와 동일시되었다.

5 하이네는 자신을 고대 그리스 희극작가 아리스토파네스(BC 445~BC 385)의 후예로 생각한다. 아리스토파네스는 동시대의 사회적 폐해를 거친 조롱과 날카로운 기지로 탄핵했다. 하이네가 아리스토파네스를 자기의 정신적인 아버지라고 부른다면 그는 동시대인들처럼 아리스토파네스에 같이 열광하고 있는 것이다.

이것은 옛날 그분이
파이스테테로스를 찬미한 그 칠현금이다.
파이스테테로스는 바실레이아에게 구혼해
그녀와 함께 날아오른 자이다.

바로 앞 장에서 나는
아버지의 드라마 중 최고작인
『새들』의 마지박 장면을
약간 모방하려 했다.[6]

『개구리들』[7] 역시 탁월하다,
사람들은 그것을 독일어로 번역하고
이제 베를린의 무대에 올려
왕을 흥겹게 해준다.

왕은 이 작품을 좋아한다. 그것은
좋은 고대적 취향을 말해준다.

---

6 『새들』의 마지막에 가서 파이스테테로스는 새의 나라 '볼켄쿠쿡스하임'에서 제우스의 딸인 하늘의 여왕 바실레이아와 결혼한다. 이 결혼을 바보스러움과 권력의 혼인으로 패러디하는 하이네는 자신과 하모니아와의 결혼도 거세됨으로써 불가능하다고 본다. 이로써 속물근성과 혼인하고 타협하겠다고 꿈꾸어 온 하이네의 망상은 헛된 소동은 끝나고 만다.

7 1843~44년 겨울에 아리스토파네스의 희극 『개구리들』은 베를린에서 루트비히 티크의 지도로 상연되었다.

전왕(前王)[8]은 현대적인 개구리 울음소리[9]를
훨씬 더 즐거워했다.

왕은 그 작품을 좋아한다.
하지만 작가가 아직 살아 있다면
나는 직접 프로이센에 가보라고
그에게 권하지 않으련다.

실제의 아리스토파네스
그 불쌍한 사람은 잘 지내지 못하리라.
우리는 그가 곧 한 무리의 지방 경찰과
동행하는 것을 보게 되리라.[10]

천민은 꼬리치는 대신 욕하도록
곧 허락받으리라.
경찰은 그 고상한 분을 추적하라는
명령을 받으리라.

---

8 프리드리히 빌헬름 3세(1797~1840)를 말한다. 하이네는 초고에는 이렇게 되어 있다. "그의 아버지는 오늘날의 현대적인 울음소리를 더욱 즐거워한다."

9 그 드라마에는 동시대를 암시하는 내용이 가득 차 있다.

10 하이네는 청년 독일파 시인 게오르크 헤어베그(1842년 12월 29일)가 프로이센에서 추방된 사실을 암시하고 있다.

오, 왕이여! 난 당신에게 호의적이니
한 가지 충고를 하렵니다.
죽은 시인들은 그냥 존경만하고
살아 있는 시인들은 건드리지 마시오.

살아 있는 시인들을 모욕하지 마시오.
그들은 알다시피 시인이 만들어낸
주피터의 번개보다 더 무서운
화염과 무기를 갖고 있으니까요.[11]

신들을 모욕하시오, 옛 신들과 새로운 신들을
올림포스의 패거리 전부를
게다가 최고 높으신 여호와를
단 시인만은 모욕하지 마시오!

신들은 물론 인간의 악행을
너무 가혹하게 처벌하고 있어요.
지옥의 불은 상당히 뜨겁지요.
그곳에서 인간들은 쪄지고 구워진답니다.

---

11 이 구절은 종교적 신화가 상상력의 산물이란 사실을 겨냥하고 있다.

하지만 죄인을 화염에서 구해주려고
기도하는 성인들이 있습니다.
교회와 위령 미사에 대한 헌금은
높은 활용 가치가 있습니다.

최후 심판의 날에 그리스도가 강림하여
지옥의 문을 부숴버리지요.
비록 그분께서 엄정한 심판을 내린다 해도
몇몇 녀석은 살그머니 빠져나오겠지요.

하지만 감금당하면
도저히 풀려날 수 없는 지옥들이 있답니다.
여기서는 기도도 소용없고
구세주의 용서도 무력합니다.

단테의 「지옥」[12], 그 끔찍한
3중창을 모르신가요?
시인이 그곳에 감금해둔 자는
어떠한 신도 구원해줄 수 없답니다.

---

12 「지옥」은 단테의 『신곡』 제1장의 제목이다.

어떤 신, 어떤 구세주도
이 노래하는 화염으로부터 그자를 구원할 수 없답니다!
조심하십시오, 우리가 당신을
그런 지옥에 떨어뜨리는 심판을 하지 않도록.

공산당 선언

카를 마르크스 · 프리드리히 엥겔스 지음

차례

1872년 독일어판 서문

당시 상황에서는 당연히 비밀단체일 수밖에 없었던 국제노동자단체인 공산주의자 동맹[1]은 1847년 11월 런던에서 개최된

---

1 공산주의자 동맹(Der Bund der Kommunisten)은 노동계급의 최초의 국제적 정치조직으로, 1847년 6월 카를 마르크스와 프리드리히 엥겔스에 의하여 영국 런던에서 설립되었다. 공산주의자 동맹의 전신은 1936년에 조직된 '의인 동맹(Bund der Gerechten)'이었다. '의인 동맹'이 내건 구호는 "모든 사람은 형제이다!"였으며, "평등과 정의 그리고 이웃에 대한 사랑이라는 이상에 기초하여, 지상에 하나님의 나라를 건설한다."는 것을 목표로 하고 있었다.
1847년 6월 런던에서 있은 의인동맹 제1차 대회에서 이 동맹은 '부르주아 계급 타도, 프롤레타리아 계급의 지배, 낡은 부르주아 사회 타도' 등을 목적으로 한 공산주의자 동맹으로 개편되었다. 1847년 11월 말~12월 초에 소집된 공산주의자 동맹 제2차 대회에서는 카를 마르크스가 작성한 동맹의 규약을 채택하였으며, 또한 마르크스와 엥겔스가 강령을 작성하도록 했다. 이렇게 만들어진 것이 노동계급 당의 첫 강령인 『공산당 선언』이다.
공산주의자 동맹은 "모든 사람은 형제이다!"라는 의인 동맹의 구호 대신 "전 세계 노동자들이여, 단결하라!"는 새로운 구호를 만들었다. 공산주의자 동맹은 각국에 지부를 두었으며 유럽에서 일어난 1848~49년 혁명에 적극적으로 참가하였다. 1851~1852년 프로이센 정부는 공산주의자들에 대한 탄압을 강화, 많은 동맹원들을 체포하였다. 이 '쾰른 재판'을 전후로 조직이 파괴되고 일시적으로 마르크스와 엥겔스 사이의 연계도 끊어졌다. 이러한 정세에서 1852년 11월 마르크스의 제의에 의하여 동맹이 해산되었다.

대회에서, 일반 대중에 공개하도록 정해진 상세한 이론적·실천적 당 강령의 작성을 여러 서명자에게 위임했다. 이렇게 하여 『공산당 선언』[2]이 나오게 되었고, 그 원고는 2월 혁명[3] 발발 몇 주 전 인쇄를 위해 런던으로 보내졌다. 처음에 독일어로 출간된 『공산당 선언』은 독일, 영국, 미국에서 독일어로 적어도 12종의 서로 다른 판으로 인쇄되었다. 영어로는 1850년 런던에서 헬렌 맥팔레인(Helen Macfarlane) 양의 번역으로 〈붉은 공화주의자Red Republican〉[4]에 처음 발표되었으며, 1871년에는 미국에서 적어도 3종의 다른 번역본들이 출간되었다. 프랑스어판은 1848년 6월 폭동[5] 직전 파리에서 처음 출간되었고, 최근

---

2 1848년 마르크스와 엥겔스가 공산주의자 동맹의 강령으로 삼기 위해 공동 집필한 소책자. 마르크스는 동맹의 중앙 위원회가 작성한 『공산주의자의 신조』라는 초안, 동맹 회원 모제스 헤스의 여러 초고와 특히 엥겔스의 『공산주의의 원리』를 참고하여 최종적으로 『공산당 선언』을 작성했다.

3 1848년 2월 22일에서 24일에 걸쳐 프랑스의 중소 부르주아 계급과 노동자계급이 선거권 확대와 공화정 수립을 요구하며 일으킨 혁명. 2월 혁명의 결과, 프랑스에서는 루이 필리프의 7월 왕정이 해산하고 공화주의자와 사회주의자로 이루어진 임시 정부가 세워졌으며, 보통 선거제에 의한 제2공화국이 세워졌고, 결국 나폴레옹의 조카이자 의붓 외손자인 루이 나폴레옹이 공화정의 대통령으로 당선되었다.
1848년 2월 혁명은 1830년 7월 혁명에 비해 유럽 사회의 묵은 풍속, 관습, 조직, 방법을 완벽히 바꾸어 새롭게 하는 변화를 몰고 왔다. 오스트리아와 독일에서는 3월 혁명이 일어나 메테르니히가 추방되고 빈 체제가 붕괴되었고, 벨기에는 네덜란드 연합 왕국에서 독립하였다. 이탈리아와 독일에서는 통일 운동이 일어나 독일 연방이 결성되었고, 독일 자유주의자들은 프랑크푸르트에 모여 통일을 회의하였다. 이탈리아에서는 마치니의 청년 이탈리아당이 등장하였다.

4 영국의 사회주의자 조지 하니(George Harney)가 발행하던 차티스트 계열의 주간지로 1850년 6월부터 11월까지 간행되었다.

5 '프롤레타리아 계급과 부르주아 계급 간의 최초의 대전투'(엥겔스). 1848년 6월 23~26일에 일어난 파리 노동자들의 폭동으로, 임시 정부의 명령을 받아 행동하던 루이스 카배냑(Louis Cavaignac) 장군에 의해 유혈 진압되었다.

들어 뉴욕의 〈사회주의자Le Socialiste〉에 실렸다. 현재 또 다른 번역본이 준비되고 있다. 폴란드어판은 최초의 독일어판이 나온 직후 런던에서 출간되었다. 러시아어판은 1860년대에 제네바에서 출간되었다. 덴마크어 번역본 역시 최초의 독일어판이 나온 직후 출간되었다.

지난 25년 동안 상황이 아무리 변했다 해도, 이 『공산당 선언』에 전개된 일반적인 여러 원리는 대체로 오늘날에도 전적으로 옳다고 할 수 있다. 여기저기 몇 군데는 고칠 것이 있을지도 모른다. 『공산당 선언』 자체가 선언하고 있듯이, 이 여러 원리의 실천적 적용은 언제 어디서나 당면한 역사적 사정에 달려 있을 것이다. 그러므로 『공산당 선언』의 제2절 끝에 가서 제안된 혁명적 방책들에 대해서는 여기서 특별히 중시하지 않는다. 오늘날 이 구절은 여러 가지 면에서 다르게 쓰일지도 모른다. 지난 25년에 걸친 거대 산업의 지속적인 엄청난 발전과 이에 따른 노동자계급 당 조직의 성장에 비추어 볼 때, 그리고 맨 먼저 2월 혁명의 실천적 경험과 나아가 프롤레타리아 계급이 처음으로 두 달 동안 정치권력을 장악했던 파리 코뮌[6]의 실천적 경험에 비추어 볼 때, 오늘날 이 강령은 군데군데 낡은 것이 되어버렸다. 특히 코뮌은 "노동자계급이 기존의 국가기구를 그야말로 장악하여 자신의 목적을 위해 가동할 수 없다."(이 점에 대해 논의가 더 전개되어 있는 『프랑스 내전. 국제노동자협회 총평의회 담화문』[7], 독일어판, 19쪽을 보라.)는 것을 증명해주었다. 더욱이 사회주의 문헌에 대한 비판은 1847년까지만 다루고 있기 때문에, 오늘날에 와서는 결함이 있는 것은 자명하다. 이와 마찬가지로 여러 반정부당에 대한 공산주의자들의 입장을 언급한 부분(제4절)도 원칙적으로는 오늘날에도 옳지만, 오늘날 실행에 옮기기에는 이미 낡아버렸음이 자명하다. 그도 그럴 것이 정치 상황

---

6 1871년 3월 18일~5월 28일 사이, 독일군이 파리를 포위한 가운데 일어난 19세기 최대의 노동자계급 혁명. 임시 국민정부의 행정 수반을 맡고 있던 아돌프 티에르(Louis Adolphe Thiers)는 파리의 질서유지를 위해 국민방위군을 무장해제하기로 결정하고, 3월 18일 시 수비대의 대포들을 치우려 하자 파리에서 저항이 일어났다. 그 뒤 3월 26일 수비대 중앙위원회가 조직한 자치선거에서 혁명파가 승리했고 이들은 코뮌 정부를 세웠다. 새 정부에는 자코뱅파와 사회주의자들인 프루동파, 블랑키파 등이 있었다.
자코뱅파는 1793년 혁명의 전통에 따라 파리 코뮌이 혁명을 주도해나가야 한다고 주장했다. 프루동파는 전국에 걸친 코뮌의 연합을 주장했으며, 블랑키파는 폭력 혁명을 요구했다. 내부적 분열에도 불구하고 코뮌이 채택한 강령은 1793년을 연상시키는 조치들(종교에 대한 지원 폐지, 혁명력 사용)과 제한된 사회개혁조치(10시간 노동, 제빵공의 야근 철폐)를 추구했다. 리옹·생테티엔·마르세유·툴루즈 등지에서 일어난 코뮌은 곧바로 진압되었으므로 파리 코뮌은 홀로 베르사유 정부와 맞서야 했다.
그러나 코뮌 병사들은 군사조직을 갖추지 못해 공세를 취할 수가 없었고, 5월 21일 정부군이 방비가 없는 곳을 통해 파리로 들어왔다. 뒤따른 피의 일주일 동안 정규군은 코뮌의 반발을 진압했다. 반란자들은 방어를 위해 길에 방책을 치고 공공건물에 불을 질렀다. 반란자들 약 2만 명과 정부군 750명 가량이 죽었다. 코뮌이 와해된 뒤 정부는 무자비한 탄압을 가하여 약 3만 8,000명을 체포하고 7,000명 이상을 추방했다.
파리 코뮌은 약 60일 남짓 계속되다가 결국 티에르에 의해 진압되었으나, 그 뒤 세계 각국의 혁명가들이 자기 나라의 혁명을 위한 연구 모델로 삼았을 정도로 세계사적인 의의를 지닌 혁명이었다. 마르크스는 코뮌을 평하여 "그것은 본질적으로 프롤레타리아 정부였다. 그것은 착취계급에 저항한 생산계급의 투쟁의 결과이며, 노동자의 경제적 해방을 이룩할 수 있는 새로 발견된 정치 형태였다."(『프랑스 내전』)고 말했다. 엥겔스 또한 '코뮌은 전 유럽의 노동자들에게 사회 혁명의 문제를 근본적으로 해결할 열쇠를 준 것'(『프랑스 내전』 서문)이라며 그 의의를 높이 평가했다.

7 이것은 마르크스가 파리 코뮌이 진압되던 1871년 5월 국제노동자협회 총평의회의 요청에 따라 협회 회원들에게 보낸 세 번째 담화문이다. 첫 번째 담화문은 1870년 7월(루이 나폴레옹 투항 전), 두 번째 담화문은 1870년 9월(루이 나폴레옹 투항 후)에 쓰였다. 이 두 담화문은 코뮌 이전의 정세를 파악할 수 있게 해준다.

이 완전히 바뀌었고, 또 역사 발전에 의해 거기에 열거된 정당들 대부분이 없어졌기 때문이다.

그럼에도 『공산당 선언』은 우리가 더 이상 변경할 권리가 없는 역사적 문서가 되어 있다. 다음 판은 어쩌면 1847년부터 오늘까지의 간격을 메워주는 서문을 달고 나타날 것이다. 이 판은 전혀 예기치 않게 나오는 바람에 우리에게 그럴 시간이 없었다.

1872년 6월 24일, 런던

카를 마르크스

프리드리히 엥겔스

1882년 러시아어판 서문[1]

『공산당 선언』의 첫 러시아판은 바쿠닌[2]의 번역으로 1860년대 초 〈종(鐘, Kolokol)〉[3]에 실렸다.[4] 당시 서구는 그것(『공산당 선언』의 러시아판)을 문헌적인 진기한 문건으로만 보았을 뿐이다. 오늘날에는 그러한 파악이 불가능하리라.

당시(1847년 12월)만 해도 프롤레타리아 운동이 얼마나 제한된 영역을 차지하고 있었는지는 『공산당 선언』의 마지막 장(章)을 보면 가장 명백히 드러난다. 말하자면 여러 나라의 반정

---

1 러시아어판 서문은 엥겔스가 주로 썼고, 마르크스는 약간 손대는 데 그쳤다.

2 바쿠닌(Michail Alexandrowitscho Bakunin, 1814~76). 서유럽으로 이주해 온 러시아 이민자. 민주주의적인 언론인. 독일의 1848~49년 혁명에 참가. 뒷날 무정부주의 이데올로그로서 마르크스주의의 적이 되었다. 마르크스가 지도하던 제1인터내셔널의 총평의회에 맞서 싸우다가 결국 1872년의 헤이그 대회에서 인터내셔널에서 제명되었다.

3 러시아에 혁명 운동을 보급하는 데 중요한 역할을 한 신문 이름. '난 산 자를 불러 모은다(vivos voco)'를 구호로 삼아 게르첸(A. J. Herzen, 1812~70), 오가료프(N. P. Ogarjow, 1813~77)가 편집을 맡은 러시아의 혁명적 신문. 1857~65년에는 런던에서, 1865~67년에는 제네바에서 간행되었다.

4 실제로는 1869년에 소개되었다.

부당들에 대한 공산주의자의 입장에서. 여기에서 다시 말해 러시아와 미국은 쏙 빠져 있다. 러시아는 유럽의 전체적인 반동의 최종적인 거대한 예비 부대를 이루고 있었고, 미국은 이민에 의해 유럽의 잉여 프롤레타리아 부대를 흡수하던 때였다. 두 나라는 유럽에 원료품을 공급했고, 동시에 유럽 공산품의 판매시장이기도 했다. 그러므로 두 나라는 당시 이런저런 방식으로 기존 유럽 질서의 양대 기둥이었다.

그런데 오늘날은 얼마나 달라졌는가! 바로 유럽의 이민은 북미에 거대한 농업 생산이 가능하게 했고, 그 생산 경쟁이 크든 작든 유럽의 토지 소유의 기반을 뒤흔들고 있다. 게다가 그 경쟁은 미국으로 하여금 엄청난 산업 자원을 발전의 모든 단계에서 정력적으로 개발할 수 있게 해주었다. 그 발전 단계에서 서유럽의 지금까지의 산업 독점, 특히 영국의 독점은 조만간 깨어지게 되어 있다. 두 가지 사정은 미국 자체에 도로 혁명적인 영향을 미치고 있다. 정치 체제 전체의 기반인 농부의 중소 토지소유는 점차 거대 농장과의 경쟁에 쓰러지고 있다. 이와 동시에 공업 지대에서는 처음으로 대규모 프롤레타리아와 자본의 믿을 수 없는 집중이 전개되고 있다.

그럼 이제 러시아를 살펴보기로 하자! 1848~1849년의 혁명 기간 동안 유럽의 군주뿐 아니라 유럽의 부르주아도 러시아의 개입을 이제 막 깨어나고 있는 프롤레타리아로부터의 유일한 구원이라고 생각했다. 차르는 유럽 반동의 수장으로 선포되었다. 오늘날 그는 가치나[5]에서 혁명의 전쟁 포로가 되어 있고, 러시아는 유럽의 혁명 행동의 전위 부대를 이루고 있다.

『공산당 선언』은 필연적으로 닥쳐오고 있는, 현대 부르주아적 소유의 해체 선언을 과제로 삼고 있었다. 그러니 우리는 러시아에서 급속하게 번창하는 자본주의적 속임수와 이제 막 발전하고 있는 시민적 토지 소유에 직면하여 토지의 절반 이상이 농민의 공동소유임을 발견한다. 이제 이런 질문이 제기된다. 비록 원시적 토지 공동소유가 심하게 파괴된 한 형태이긴 하지만 러시아의 오브시치나[6]가 공산주의적 공동소유라는 더 고차적인 형태로 곧장 이행할 수 있는가? 아니면 이와 반대로 서구의 역사 발전이 이루는 것과 동일한 해체 과정을 미리 겪어야 하는가?

이에 대해 오늘날 가능한 유일한 대답은 이것이다. 러시아 혁명이 서구 프롤레타리아 혁명의 신호가 되어 둘이 서로를 보완한다면 러시아의 현재 토지 공동소유는 공산주의 발전의 출발점으로 기여할 수 있을 것이다.

1882년 1월 21일, 런던

카를 마르크스, 프리드리히 엥겔스

---

5 Gatschina. 레닌그라드 남서쪽으로 45km 떨어진 고장인 동시에 유명한 성(城) 이름. 10월 혁명 전에는 러시아 차르의 휴양지였으나 혁명 후 그곳에 감금되었고, 오늘날에는 박물관이 되어 있다.

6 Obshchina(촌락공동체). 원시 시대, 씨족 공동체와 가족 공동체를 포함하는 특유한 사회 공동체를 말함.

1883년 독일어판 서문

본 판의 서문에는 아쉽게도 나 혼자 서명하지 않을 수 없다.[1] 유럽과 미국의 전체 노동자계급이 어느 누구보다 큰 은덕을 입은 남자 마르크스는 이제 하이게이트(Highgate) 묘지에 잠들어 있고, 그의 무덤 위에는 이미 최초의 풀이 자라고 있다. 그가 사망한 이후 『공산당 선언』을 고쳐 쓰거나 보충한다는 것은 더 이상 생각할 수 없는 일이다. 그런 만큼 나는 여기서 다음과 같은 사실을 명확히 밝혀 두는 것이 더욱 필요하다고 생각한다.

『공산당 선언』을 관통하는 기본 사상은 오로지 마르크스의 것이다. 즉 각 역사적 시기의 경제적 생산과 거기서 필연적으로 뒤따르는 사회 조직은 그 시대의 정치사와 지성사의 토대를 이루며, 그에 따라서 (토지의 원시적 공동소유가 해체된 이래로) 역

1 만성 기관지염과 감기를 앓았던 마르크스는 1883년 3월 14일 런던 자택의 서재 의자에서 폐출혈로 사망하고 하이게이트에 있는 아내 곁에 묻혔다.

사 전체는 계급투쟁의 역사, 즉 사회 발전의 여러 단계에서 피착취계급과 착취계급, 피지배계급과 지배계급 사이의 투쟁의 역사였으며, 하지만 지금 이 투쟁은 착취당하고 억압받는 계급(프롤레타리아 계급)이 동시에 사회 전체를 착취와 억압, 계급투쟁으로부터 영원히 해방하지 않고서는 자신을 착취하고 억압하는 계급(부르주아 계급)으로부터 더 이상 해방될 수 없는 어느 단계에 이르렀다는 사상 말이다.[2]

나는 이 사실을 벌써 여러 번 말한 바 있다. 그러나 바로 지금이야말로 이것을 『공산당 선언』 자체의 앞머리에 놓을 필요가 있다.

1883년 6월 28일, 런던

프리드리히 엥겔스

---

2 나는 영어판 서문에서 이렇게 말하고 있다. "내 견해에 따르면 이 사상은 다윈의 학설이 자연과학에서 근거 지은 똑같은 진보를 역사학에서 근거 지은 것으로 볼 수 있다. 우리 둘은 1845년 이전 몇 년 동안 벌써 이 사상에 점차 접근하고 있었다. 내가 독자적으로 이 방향에서 얼마만큼 나아갔는지는 『영국 노동계급의 상태』가 가장 잘 보여주고 있다. 그러나 내가 1845년 봄 브뤼셀에서 마르크스를 다시 만났을 때 그는 그 사상을 완성해 놓고 있었다. 그는 내가 위에서 요약한 것과 거의 똑같이 명백한 말로 그 사상을 내 앞에 내밀었다."[1890년의 독일어판에 붙인 엥겔스의 주.]

1888년 영어판 서문

『공산당 선언』은 공산주의자 동맹의 강령으로 출간되었다. 그 동맹은 처음에는 단지 독일노동자협회였다가 후에는 국제노동자협회가 되었는데, 그 협회는 1848년 이전에는 유럽 대륙의 정치 상황 하에서 불가피하게 비밀조직이었다. 1847년 11월 런던에서 개최된 동맹의 회의에서 마르크스와 엥겔스는 완벽한 이론적·실천적 당 강령의 출판을 시작하라는 위임을 받았다. 원고는 1848년 1월 독일어로 작성되어, 프랑스 혁명이 일어나기 몇 주 전인 2월 24일 인쇄를 위해 런던에 보내졌다. 프랑스어 번역본은 1848년 6월의 파리 폭동 직전 파리에서 나왔다. 최초의 영어 번역본은 헬렌 맥팔레인 양에 의해 1850년 조지 줄리언 하니(George Julian Harney)의 〈붉은 공화주의자〉에 실렸다. 덴마크어판과 폴란드어판도 발간되었다.

1848년 6월의 파리 폭동—프롤레타리아와 부르주아 계급

간의 최초의 대전투—의 진압은 노동자계급의 사회적·정치적 노력을 당분간 다시 뒷전으로 몰아냈다. 그 이후 2월 혁명 이전 시기에 그랬듯이 주도권을 얻기 위한 투쟁은 다시 유산계급의 여러 분파 사이에서만 벌어졌다. 노동자계급은 정치적인 운신의 여지를 얻기 위한 투쟁과 급진 부르주아 계급의 급진파의 지위에 국한되었다. 독자적인 프롤레타리아 운동이 생명의 징후를 계속해서 보이는 곳마다 그 운동은 가차 없이 진압되었다. 그리하여 프로이센 경찰은 당시 쾰른에 있던 공산주의자 동맹의 중앙위원회를 적발하였다. 위원들은 체포되어 18개월 동안 투옥된 후 1852년 10월 재판에 회부되었다. 이 유명한 '쾰른 공산주의자 재판'은 10월 4일부터 11월 12일까지 지속되었다. 죄수 중 일곱 명은 3년에서 6년까지의 성채 감금형을 선고받았다. 이 판결을 받은 직후 동맹은 아직 잔류한 위원들에 의해 공식 해체되었다. 『공산당 선언』에 관해 말하자면 그것은 그때부터 잊혀버릴 저주를 받은 듯 보였다.

유럽 노동자계급이 지배계급을 새로 공격하기 위한 충분한 힘을 다시 모았을 때 국제노동자협회[1]가 탄생했다. 그러나 유럽과 미국의 전투적 프롤레타리아 전체를 하나의 단체로 합병하겠다는 명시적인 목적으로 설립된 이 협회는 『공산당 선언』

1 1864년 9월 28일 런던의 세인트 마틴 홀에서 '국제노동자연합'이라는 명칭으로 창립된 제1인터내셔널을 말한다(1864~1874). 제1인터내셔널은 1872년 헤이그 대회에서 마르크스의 중앙집권적인 사회주의와 바쿠닌의 무정부주의가 충돌함으로써 분열되었고, 1876년 7월 필라델피아 회의에서 공식 해체되었다.

에 기록된 여러 원리를 즉각 선포할 수 없었다. 이 국제노동자 협회는 영국의 노동조합, 프랑스, 벨기에, 이탈리아, 스페인의 프루동 신봉자, 독일의 라살레주의자[2]가 받아들일 만한 폭넓은 강령을 가져야 했다. 이 강령을 모든 당파가 만족할만하게 작성한 마르크스는 노동자계급의 지적 발전을 전적으로 신뢰했다. 그 발전은 단합된 행동과 공동 토론의 결과 필연적으로 이루어질 수밖에 없었다. 자본에 대항한 투쟁에서 일어나는 사건과 부침(浮沈), 승리보다는 오히려 패배가, 사람들이 좋아하는 갖가지 비방(祕方)이 얼마나 불충분한 것인지를 똑똑히 깨닫게 해주었고, 노동자계급의 해방을 위한 현실적 전제를 완전히 통찰하는 길을 터주었다. 과연 마르크스의 견해는 옳았다. 국제노동자협회는 1874년 와해되었을 때 벌써 노동자들을 1864년 그것이 설립되었을 때와는 완전히 다른 상태로 만들어놓았다. 프랑스의 프루동주의, 독일의 라살레주의는 사멸해가고 있었고, 영국의 보수적인 노동조합들은 대부분 국제노동자협회와의 관계가 진작부터 끊어져 있긴 했지만, 지난해 그 의장이 스완시(Swansea)에서 그들의 이름으로 "대륙 사회주의는 우리에게 더 이상 공포의 대상이 아니게 되었다"고 선언할 수 있는 지점에 가까워져갔다. 사실 『공산당 선언』의 여러 원리는 전 세

---

2 라살레는 개인적으로 자신이 마르크스의 제자라고 끊임없이 우리에게 밝혔으며, 『공산당 선언』의 토대 위에 서 있었다. 그렇지만 그는 1862~1864년의 공개적 정치 활동에서 국채의 지원으로 운영되는 생산협동조합에 대한 요구를 넘어서지 않았다.[엥겔스의 주]

계 노동자들 사이에서 혁혁한 성과를 거두었다.

이런 식으로 『공산당 선언』 자체가 다시 전면에 부각되었다. 1850년 이래 독일어판은 스위스, 영국, 미국에서 여러 번 새로 인쇄되었다. 1872년에는 영어로 더구나 뉴욕에서 번역되어 나왔는데, 번역본은 그곳의 〈우드헐 앤드 클래플린스 위클리Woodhull & Claflin's Weekly〉에 실렸다. 이 영어 번역본을 토대로 한 프랑스어 번역본 역시 뉴욕의 〈사회주의자Le Socialiste〉에 실렸다. 그 이후 미국에서 적어도 두 개의 영어 번역본이 다소 왜곡된 채 발간되었다. 그 중 하나는 영국에서 중판되었다. 최초의 러시아어판은 바쿠닌의 번역으로 1863년경 제네바의 게르첸 인쇄소에 의해 〈종Kolokol〉에서 발간되었다. 두 번째 판 역시 제네바에서 용맹한 베라 자술리치(Vera Sassulitsch)의 번역으로 1882년 출간되었다. 새 덴마크어판은 1885년 코펜하겐의 『사회민주주의 총서』에 실렸다. 새 프랑스어판은 1886년 파리의 〈사회주의자〉에 실렸다. 이 프랑스어판에 따라 스페인어판이 준비되어 1886년 마드리드에서 출간되었다. 독일어 중판의 횟수는 정확히 알려지지 않았지만, 전체적으로 적어도 열두 차례 가량 있었다. 몇 달 전 콘스탄티노플에서 발간될 예정이었던 아르메니아어 번역본은 세상에 나타나지 못했다. 내가 전해 듣기로는 발행인이 마르크스라는 이름이 들어간 책을 출판할 용기가 없었던 반면, 번역자는 그것을 자신의 번역서로 부르기를 거부했다는 것이다. 나는 다른 나라 언어로 번역된 또 다른 번역본도 있다고 들었지만, 직접 보지는 못했다. 이처럼 『공산당 선언』의 역사는 현대 노동자 운동의 역사를 여실히 반영하고 있다. 현재 『공산당 선언』은 의심의 여지없이 모든 사회주의 문헌 중 가장 넓게 퍼진 가장 국제적인 저작이며, 시베리아에서 캘리포니아에까지 이르는 수백만 노동자들이 인정하는 공동 강령이다.

그렇지만 우리는 『공산당 선언』이 쓰였을 때 그것을 사회주의 선언이라고 부를 수는 없었으리라. 1847년에 사회주의자는 한편으로 영국의 오언주의자, 프랑스의 푸리에주의자와 같은 여러 유토피아 체제의 신봉자로 이해되고 있었다. 이 둘은 이미 점차 사멸해가는 단순한 종파로 축소되어 있었다. 다른 한편으로 사회주의자는 자본과 이윤에 아무런 위해도 가하지 않고 모든 종류의 사회적 폐해를 갖가지 종류의 땜질 처방으로 제거하겠다고 약속하는 극히 다양한 사회적 돌팔이 의사로 이해되고 있었다. 두 가지 경우 모두 노동자 운동의 밖에 있었고, 오히려 '교양 있는' 계층의 지지를 구한 사람들이었다. 단순한 정치 변혁의 불충분함을 확신하고 전면적 사회 개조의 필연성을 요구한 노동자 계층의 일부는 당시 자신을 공산주의적이라 불렀다. 그것은 아직 거칠고 다듬어지지 않은, 순전히 본능적인 종류의 공산주의였다. 하지만 그런 종류의 공산주의는 주요 핵심을 건드렸으며, 프랑스에서는 카베의 유토피아 공산주의를, 독일에서는 바이틀링의 유토피아 공산주의를 낳을 만큼 노동자계급에 막강한 힘을 발휘했다. 그러므로 1847년에 사회주의는 중간계급의 운동이었고, 공산주의는 노동자계급의 운동이었다. 사회주의는 적어도 유럽 대륙에서는 '상류사회의 규범에 맞았다.' 공산주의는 그 정반대였다. 우리는 애당초부터 '노동자계급의 해방은 노동자계급 자체의 작업이어야 한다'는 견해였으므로 두 가지 명칭 중 어느 것을 택할지에 대해서는 의심의 여지가 없었다. 더욱이 우리는 그 이후 그 명칭과 결별 선언을 하겠다는 생각을 결코 품은 적이 없었다.

『공산당 선언』은 우리 둘의 공동 작업의 산물이긴 하지만 그래도 나는 그 핵심을 이루는 기본 사상은 마르크스의 것임을 확인하는 것이 내 의무라고 생각한다. 이 사상의 본질은 다음과 같은 것에 있다. 즉 각 역사적 시기에 주도적인 경제적 생산방식 및 교환방식과 거기서 필연적으로 뒤따르는 사회 조직은 이 시기의 정치적·지적 역사의 토대를 구축하는 토대를 형성하며, 이 토대에서만 역사를 설명할 수 있다. 그에 따라 인류의 전체 역사(토지의 공동소유를 기반으로 하는 원시적 부족사회가 해체된 이래로)는 계급투쟁의 역사, 착취계급과 피착취계급, 지배계급과 피지배계급 사이의 투쟁의 역사였다. 그런데 이 계급투쟁의 역사는 일련의 발전과정을 거쳐, 착취당하고 억압받는 계급(프롤레타리아 계급)이 동시에 사회 전체를 최종적으로 온갖 착취와 억압, 모든 계급차별과 계급투쟁으로부터 해방시키지 않고서는 자신을 착취하고 억압하는 계급(부르주아 계급)

의 속박으로부터 자신의 해방에 이를 수 없는 어느 단계에 지금 이르렀다는 것이다.

내 견해에 따르면 이 사상은 다윈의 학설이 자연과학에서 근거 지은 똑같은 진보를 역사학에서 근거 지은 것으로 볼 수 있다. 우리 둘은 1845년 이전 몇 년 동안 벌써 이 사상에 점차 접근하고 있었다. 내가 독자적으로 이 방향에서 얼마만큼 나아갔는지는 『영국 노동계급의 상태』[3]가 가장 잘 보여주고 있다. 그러나 내가 1845년 봄 브뤼셀에서 마르크스를 다시 만났을 때 그는 그 사상을 완성해놓고 있었다. 그는 내가 위에서 요약한 것과 거의 똑같이 명백한 말로 그 사상을 내 앞에 내놓았다.

1872년 독일어판에 대한 우리의 공동 서문에서 나는 다음 내용을 인용하고 있다.

지난 25년 동안 상황이 아무리 변했다 해도, 이 『공산당 선언』에 전개된 일반적인 여러 원리는 대체로 오늘날에도 전적으로 옳다고 할 수 있다. 여기저기 몇 군데는 고칠 게 있을지도 모른다. 『공산당 선언』 자체가 선언하고 있듯이, 이 여러 원리의 실천적 적용은 언제 어디서나 당면한 역사적 사정에 달려 있을 것이다. 그러므로 『공산당 선언』의 제2절 끝에 가서 제안된 혁명적 방책들에 대해서는 여기서 특별히 중시하지 않는

3 "The Condition of the Working Class in England in 1844." By Frederick Engels. Translated by Florence K. Wischnewetzky, New York, Lovell-London, W. Reeves, 1888.[엥겔스의 주]

다. 오늘날 이 구절은 여러 가지 면에서 다르게 쓰일지도 모른다. 지난 25년에 걸친 거대 산업의 지속적인 엄청난 발전과 이에 따른 노동자계급 당 조직의 성장에 비추어 볼 때, 그리고 맨 먼저 2월 혁명의 실천적 경험과 나아가 프롤레타리아 계급이 처음으로 두 달 동안 정치권력을 장악했던 파리 코뮌의 실천적 경험에 비추어 볼 때, 오늘날 이 강령은 군데군데 낡은 것이 되어버렸다. 특히 코뮌은 "노동자계급이 기존의 국가기구를 그야말로 장악하여 자신의 목적을 위해 가동할 수 없다."(이 점에 대해 논의가 더 전개되어 있는 『프랑스의 내전. 국제노동자협회 총평의회 담화문』, London, Truelove, 1871, 15쪽을 보라.)는 것을 증명해 주었다. 더욱이 사회주의 문헌에 대한 비판은 1847년까지만 다루고 있기 때문에, 오늘날에 와서는 결함이 있는 것은 자명하다. 이와 마찬가지로 여러 반정부당에 대한 공산주의자들의 입장을 언급한 부분(제4절)도 원칙적으로는 오늘날에도 옳지만, 오늘날 실행에 옮기기에는 이미 낡아버린 것이 자명하다. 왜냐하면 정치 상황이 완전히 바뀌었고, 또 역사 발전에 의해 거기에 열거된 정당들 대부분이 없어졌기 때문이다.

그럼에도 『공산당 선언』은 우리가 더 이상 변경할 권리가 없는 역사적 문서가 되어 있다.

본 번역은 마르크스의 『자본론』의 대부분을 번역한 새뮤얼 무어 씨가 한 것이다. 우리는 이 번역본을 함께 일일이 검토했고, 나는 역사를 인용한 부분을 설명하기 위해 몇 개의 주를 첨가했다.

1888년 1월 30일, 런던

프리드리히 엥겔스

앞의 서문[1]이 쓰인 이래 다시 『공산당 선언』의 새로운 독일어판이 필요해졌고, 또한 『공산당 선언』과 더불어 갖가지 일이 일어나 여기에 덧붙이고자 한다.

베라 자술리치[2]에 의한[3] 두 번째 러시아어판은 1882년 제네바에서 출간되었다. 그 서문은 마르크스와 내가 썼다. 유감스럽게도 나는 독일어 원문을 잃어버렸다. 그러므로 나는 러시아

---

1 1883년의 독일어판 서문을 가리킨다.

2 자술리치(Vera Iwanowna Sassulitsch, 1851~1919). 마르크스의 몇몇 저작을 러시아어로 번역한 러시아의 여성 혁명가. 젊은 학생으로 나로드니키에 참여했고, 1883년 노동 해방단의 설립에 가담했다. 그 단체는 프롤레타리아 계급 혁명단의 창설을 위해 나로드니키에 맞서 투쟁을 시작했다. 1900년 레닌과 플레하노프와 함께 〈이스크라*Iskra*〉 편집진에 참여했으며, 1903년 러시아 사회민주당의 분당 이후엔 멘셰비키 진영에 가담했다가 1917년 이후 소비에트 정부에 적대적인 태도를 취했다.

3 엥겔스는 1894년에 집필한 『러시아 사회 상태』 후기에서 두 번째 번역본의 역자가 플레하노프라고 말하고 있다. 플레하노프도 1900년에 나온 『공산당 선언』의 러시아어판에서 자신이 그 번역을 완성했다고 말한 바 있다.

어판을 도로 독일어로 옮겨야 했지만, 그렇게 한다고 원문을 원래대로 살릴 수는 없는 노릇이다. 그 서문은 다음과 같다.

『공산당 선언』의 첫 러시아어판은 바쿠닌의 번역으로 1860년대 초 〈종〉에 실렸다. 당시 서구는 그것(『공산당 선언』의 러시아어판)을 문헌적인 진기한 물건으로만 보았을 뿐이다. 오늘날에는 그러한 파악이 더 이상 불가능하리라. 당시만 해도 프롤레타리아 운동이 얼마나 제한된 영역을 차지하고 있었는지는 『공산당 선언』(1848년 1월)의 마지막 장(章)을 보면 가장 명백히 드러난다. 말하자면 여러 나라에서 여러 반정부당에 대한 공산주의자의 입장에서. 여기에서 다시 말해 러시아와 미국은 쏙 빠져 있다. 러시아는 유럽의 전체적인 반동의 최종적인 거대한 예비 부대를 이루고 있었고, 미국은 이민에 의해 유럽의 잉여 프롤레타리아 부대를 흡수하던 때였다. 두 나라는 유럽에 원료를 공급했고, 동시에 유럽 공산품의 판매시장이기도 했다. 그러므로 두 나라는 당시 이런저런 방식으로 기존 유럽 질서의 양대 기둥이었다.

오늘날은 얼마나 달라졌는가! 바로 유럽의 이민은 북미에 거대한 농업 생산이 가능하게했고, 그 생산 경쟁이 크든 작든 유럽의 토지 소유의 기반을 뒤흔들고 있다. 게다가 그 경쟁은 미국으로 하여금 엄청난 산업 자원을 발전의 모든 단계에서 정력적으로 착취할 수 있게 해주었다. 그 발전 단계에서 서유럽의 지금까지의 산업 독점, 특히 영국의 독점은 조만간 깨어지게 되어 있다. 두 가지 사정은 미국 자체에 도로 혁명적인 영향을 미치고 있다. 정치 체제 전체의 기반인 농부의 중소 토지소유는 점차 거대 농장과의 경쟁에 쓰러지고 있다. 이와 동시에 공업 지대에서는 처음으로 대규모 프롤레타리아와 자본의 믿을 수 없는 집중이 전개되고 있다.

그럼 이제 러시아를 살펴보기로 하자! 1848~1849년의 혁명 기간 동안 유럽의 군주뿐 아니라 유럽의 부르주아도 러시아의 개입이 이제 막 깨어나고 있는 프롤레타리아로부터의 유일한 구원이라고 생각했다. 차르는 유럽 반동의 수장으로 선포되었다. 오늘날 그는 가치나에서 혁명의 전쟁 포로가 되어 있고, 러시아는 유럽의 혁명 행동의 전위 부대를 이루고 있다.

『공산당 선언』은 필연적으로 닥쳐오고 있는, 현대 부르주아적 소유의 해체 선언을 과제로 삼고 있었다. 그러니 우리는 러시아에서 급속하게 번창하는 자본주의적 속임수와 이제 막 발전하고 있는 시민적 토지 소유에 직면하여 토지의 절반 이상이 농민의 공동소유임을 발견한다. 이제 이런 질문이 제기된다. 비록 원시적 토지 공동소유가 심하게 파괴된 한 형태이긴 하지만 러시아의 오브시치나가 공산주의적 공동소유라는 더 고차적인 형태로 곧장 이행할 수 있는가? 아니면 이와 반대로 서구의 역사 발전이 이루는 것과 동일한 해체 과정을 미리 겪어야 하는가?

이에 대해 오늘날 가능한 유일한 대답은 이것이다. 러시아 혁명이 서구 프롤레타리아 혁명의 신호가 되어 둘이 서로를 보완한다면 러시아의 현재 토지 공동소유는 공산주의 발전의 출발점으로 기여할 수 있을 것이다.

1882년 1월 21일, 런던
카를 마르크스
프리드리히 엥겔스

새로운 폴란드어판 『공산당 선언*Manifest Komunistyczny*』이 같은 시기에 제네바에서 출간되었다.

더 나아가 새로운 덴마크어 번역본이 1885년 코펜하겐의 『사회 민주주의 총서*Socialdemokratisk Bibliotek*』에 실렸다. 하지만 이 판은 유감스럽게도 아주 완벽하지는 않았다. 역자를 애먹인 것으로 보인 몇 개의 본질적 구절이 빠져 있고, 그것 말고도 날림의 흔적이 여기저기 눈에 띈다. 이 번역본을 볼 때 역자가 좀 더 신중을 기했으면 탁월한 업적을 이루었을 텐데 하는 생각에 더욱 곤혹스러운 기분이 든다.

1886년 새로운 프랑스어 번역본이 파리의 『사회주의자』에 실렸다. 이것은 지금까지 출간된 것 중 최상의 번역본이다.

이어서 같은 해에 스페인어 번역본이 맨 먼저 마드리드의

『사회주의자*El Socialista*』에 실렸고, 그런 다음 소책자로도 출간되었다[(『공산당 선언*Manifesto del Partido Comunista*』), 마르크스·엥겔스 지음, 마드리드 에르난 코르테스가 8번지, 사회주의자 출판사)].

한 가지 재미있는 일을 또 언급하자면 1887년 아르메니아어 번역본 원고가 콘스탄티노플의 어느 발행인에게 제공되었다. 그러나 이 선량한 사람은 마르크스의 이름이 들어간 책을 낼 용기가 없었고, 차라리 번역자 자신을 저자로 하여 내려고 했으나 그가 이를 거절했다고 한다.

다소 부정확한 이런저런 영어 번역본이 영국에서 여러 번 발간되다가 마침내 1888년에 믿을 만한 번역본이 나왔다. 그것은 내 친구 사무엘 무어가 번역한 것으로, 인쇄되기 전에 우리 두 사람이 다시 한 번 함께 일일이 검토해 보았다. 제목은 다음과 같다. 『공산당 선언*Manifesto of the Communist Party*』, 마르크스·엥겔스 지음, 영어 번역 정본, 엥겔스가 편집하고 주석을 붙임, 1888, 런던, 윌리엄 리브즈(William Reeves) 플리트(Fleet) 가 185번지 성(聖) E.C. 나는 이 판에 붙인 주석 몇 개를 여기서도 그대로 썼다.

『공산당 선언』은 자신의 고유한 이력을 갖고 있다. 그것은 출현하는 순간 (최초의 서문에 열거된 번역본들이 증명하고 있듯이) 당시만 해도 아직 소수였던 과학적 사회주의의 전위부대로부터 열광적 환영을 받았다. 그러나 1848년 6월 파리 노동자들의 패배와 함께 시작된 반동으로 인해 『공산당 선언』은 이내 뒷전으로 밀려났으며, 1852년 11월 쾰른 공산주의자들에 대한 유죄 판결[4]로 마침내 '법률상의' 파문이 선언되었다. 2월 혁명과 함께 시작된 노동자 운동은 공식 무대에서 사라지면서, 『공산당 선언』 또한 뒷전으로 밀려나게 되었다.

유럽의 노동자계급이 지배계급의 권력에 대항해 새로운 돌진을 시도할 만큼 다시 충분히 강력해졌을 때 국제노동자협회가 탄생했다. 이 협회의 목적은 유럽과 미국의 전투적인 전체 노동자를 하나의 대군(大軍)으로 뭉치는 것이었다. 따라서 국제노동자협회는 『공산당 선언』에 기록된 원리들에서 출발할 수 없었다. 협회는 영국의 노동조합들, 벨기에, 이탈리아, 스페인의 프루동[5]주의자들[6], 그리고 독일의 라살레주의자[7]에게 문을 걸어 잠그지 않는 강령을 가져야만 했다.

---

4 쾰른에서 열린 공산주의자 동맹 회원들에 대한 재판을 가리킨다.

5 프루동(Pierre Joseph Proudhon, 1809~65년). 프랑스 무정부주의 이론가이며 언론인, 사회학자, 경제학자. 소부르주아의 사회주의자이며 무정부주의 이론의 창시자. 1848년 제헌 의회의 대표였다. 마르크스는 『철학의 빈곤』에서 프루동의 비과학적, 소부르주아적 입장을 격렬히 비판했다.

6 프루동의 추종자들을 가리킨다. 프루동은 마르크스나 엥겔스와는 달리 노동자계급의 정치 투쟁의 중요성을 인정하지 않았으며, 노동자들은 오직 생산과 교환의 자발적 연합체를 결성함으로써만 해방될 수 있다고 주장했다. 그는 스트라이크를 반대하였으며 일체의 강제를 배제하고 계약에만 입각한 무정부주의의 한 원류가 되었다. 한편 프루동은 대규모의 자본주의적 소유만을 거부했을 뿐, 자본가적 사유제 그 자체에 반대하지 않고 소농민이나 장인들의 경제적 독립성은 옹호했다. 따라서 프루동주의는 당시에 자본주의 발전이 뒤쳐지고 농민층이 인구의 다수를 차지하고 있던 프랑스·스페인·이탈리아 등지에서 큰 영향력을 행사했다.

7 라살레는 개인적으로 자신이 마르크스의 제자라고 끊임없이 우리에게 밝혔으며, 『공산당 선언』의 토대 위에 서 있었다. 라살레는 그의 신봉자들의 일부와는 견해가 달랐는데, 그들은 국채의 지원으로 운영되는 생산 협동조합에 대한 요구를 넘어서지 않았고, 전체 노동자계급을 국가 지원 그룹과 자조(自助) 그룹으로 구분했다.[엥겔스의 주]

마르크스는 이 강령—국제노동자협회 규약의 취지를 설명한 부분—을 바쿠닌과 무정부주의자들[8]도 인정한 탁월한 솜씨로 작성했다. 『공산당 선언』에서 제시된 명제들의 최종적인 승리를 위해 마르크스는 오로지 노동자계급의 지적 발전에 기대를 걸었는데, 지적 발전은 단합된 행동과 토론의 결과 필연적으로 이루어질 수밖에 없었다. 자본에 대항한 투쟁에서 일어나는 사건과 부침(浮沈), 승리보다는 이상으로 패배가 투쟁하는 사람들에게 그때까지의 만병통치약이 얼마나 불충분한 것인가를 똑똑히 깨닫게 해주고, 노동자 해방의 참된 조건을 철저히 통찰하도록 그들의 머리를 더욱 수용적으로 만들도록 하지 않을 수 없었다. 과연 마르크스의 견해는 옳았다. 국제노동자협회가 와해될 때인 1874년의 노동자계급은 그것이 설립될 때인 1864년의 노동자계급과는 완전히 다른 것이었다. 라틴계 나라의 프루동주의, 독일의 특수한 라살레주의는 사멸해가고 있었고, 당시 극히 보수적인 영국의 노동조합들조차 1887년 그 의장이 스완시에서 그 조합들의 이름으로 "대륙 사회주의는 우리에게 더 이상 공포의 대상이 아니게 되었다."고 선언할 수 있는 지점에 점차 가까워져갔다. 1874년 인터내셔널이 해산했을 때의 노동자계급은 1864년 인터내셔널이 창설되었을 때의 노동

8 무정부주의자라는 용어는 1840년 프루동이 사용했다. 여기서는 특히 바쿠닌의 추종자들을 가리킨다. 그의 무정부주의는 국가 권력이 없는 자유롭고 분산적인 소생산자 사회 건설을 목표로 하는 독특한 사회주의 사상을 뜻한다.

자계급과는 완전히 달랐다. 라틴계 나라들의 프루동주의, 독일 특유의 라살레주의는 사멸해 가고 있었으며, 당시 가장 보수적이던 영국의 노동조합까지도 차츰 바뀌어 1887년 스완시 대회에서는 의장이 조합의 이름으로 "우리는 이제 대륙 사회주의를 두려워하지 않는다."고 말할 정도까지 되었다. 그런데 벌써 1887년에 이르면 『공산당 선언』에 예고되어 있는 이론이 바로 거의 대륙 사회주의가 되어 있었다. 이처럼 『공산당 선언』의 역사는 1848년 이후의 현대 노동자운동의 역사를 어느 정도까지 반영하고 있다. 오늘날 그것은 의심의 여지없이 전체 사회주의 문헌 중 가장 널리 퍼지고 가장 국제적인 산물이며, 시베리아에서 캘리포니아에 이르기까지 전 세계 수백만 노동자의 공동 강령이다.

그렇지만 우리는 『공산당 선언』이 나왔을 때 그것을 사회주의 선언이라 부를 수 없었으리라. 1847년에는 두 부류의 사람들이 사회주의자라고 이해되고 있었다. 사회주의자는 한편으로 특히 영국의 오언[9]주의자, 프랑스의 푸리에[10]주의자와 같은 여러 유토피아 체제의 신봉자로 이해되고 있었다. 이 둘은 이

9 오언(Robert Owen, 1771~1858). 영국의 노동 운동가. 공상적 사회주의자. 이상도시를 구체적으로 제창한 오언은 유토피아를 현실적으로 구현하기 위해 노력하고 추진한 정치가이자 사업가였다. 불우한 환경에서 태어나 뉴래너크(New Lanark) 직조 공장의 공동 경영자가 되었지만 노동자의 참상을 깨닫고 협동조합 운동을 주도했다. 오언은 평등 사회 건설을 꿈꾸고 사재를 털어 1825년 미국 인디애나 주에 공산촌인 뉴하모니(New Harmony)를 건설했으나 결국 실패로 끝나고 말았다. 하지만 그가 꿈꾸었던 공동체 운동과 소비자조합 운동은 현대에 오히려 각광을 받아 그의 철학을 되살리고 있다.

미 점차 사멸해가는 단순한 종파로 축소되어 있었다. 다른 한편으로 사회주의자는 자본과 이윤에 아무런 해를 끼치지 않고 사회적 폐해를 갖가지 종류의 땜질 처방으로 제거하려고 한 극히 다양한 사회적 돌팔이 의사로 이해되고 있었다. 두 가지 경우 모두 노동자 운동의 밖에 있었고, 오히려 '교양 있는' 계층의 지지를 구한 사람들이었다. 그 반면 단순한 정치 변혁의 불충분함을 확신하고 사회의 철저한 개조를 요구한 노동자들의 일부는 당시 자신을 공산주의적이라 불렀다. 그것은 단지 거칠게 다듬어지고 본능적일 뿐이며 때로는 다소 조야한 공산주의였다. 하지만 그것은 유토피아적 공산주의의 두 체계, 즉 프랑스에서 카베[11]의 '이카리아'[12] 공산주의, 독일에서 바이틀링[13]의 유토피아 공산주의를 낳을 만큼 강력했다. 그러므로 1847년에 사회주의는 부르주아 운동이었고, 공산주의는 노동자 운동이었다. 사회주의는 적어도 유럽 대륙에서는 상류사회의 규범에

---

10 푸리에(Francois Marie Charles Fourier, 1772~1837). 프랑스의 사회주의자. 푸리에는 자본주의 사회의 착취와 부르주아 계급의 탐욕을 비난하고, 사람들이 노동한 양에 따라 공평하게 분배받는 이상 사회 건설을 꿈꾸었다. 그의 추종자들은 그의 설교에 따라 미국으로 건너가서 많은 사회주의 이상촌을 건설했으나 실패했다. 그의 자본주의 사회에 대한 비판은 날카로운 것이었으나, 그것은 오로지 유통 부문에 머물렀고, 생산 과정에서 자본주의의 모순에 대한 통찰도 결여되었으며, 이상사회의 실현도 교양 있는 계급의 자각을 기대한 것이었다.

11 카베(Etienne Cabet, 1788~1856). 프랑스의 공산주의 사상가, 언론인, 법률가, 공상적인 소설 『이카리아 기행』(1842)의 저자. 복고왕정 하에서 비밀결사 카르보나리에 가입하고, 7월 혁명(1830년)에도 참가한다. 7월 왕정 하에서는 공화파로서 활동하고, 1833년 〈르 포퓔레르(민중)〉지를 창간, 이듬해 그 필화사건으로 영국으로 망명했다(1834~39). 런던에서의 망명생활 중 모어와 오언의 저작을 접하면서 그의 공산주의 사상의 골격이 형성되었다.

맞았고, 공산주의는 그 정반대였다. 우리는 벌써 당시부터 매우 단호히 '노동자계급의 해방은 노동자계급 자체의 작업이어야 한다'는 견해였으므로 두 가지 명칭 중 어느 것을 택할지에 대해서는 한순간도 의심할 수 없었다. 또한 그 이후 우리는 그 명칭을 버리고 다른 명칭을 쓰겠다는 생각을 결코 품은 적이 없었다.

"전 세계의 프롤레타리아여, 단결하라!" 지금부터 42년 전 프롤레타리아 계급이 자신의 요구를 들고 나섰던 최초의 파리 혁명[14] 전야에 우리가 이 말을 전 세계에 외쳤을 때, 이에 호응한 목소리는 얼마 없었다. 그러나 1864년 9월 28일에는 대부분의 서유럽 나라들의 프롤레타리아들이 영광스럽게도 국제노동자협회로 결합했다. 물론 이 협회 자체는 9년밖에 존속하지 못했다. 그러나 국제노동자협회가 기초를 닦은 전 세계 프롤레타리아 계급의 영원한 동맹은 아직도 살아 있으며, 그 어느 때보다도 더 강고하게 살아있는데, 그에 대해서는 바로 오늘날보다 더

---

12 이카리아는 그리스 신화에 나오는 섬 이름으로 카베가 꿈꾸던 공산주의 이상향을 뜻한다. 일리노이 주 노부(Nauvoo)에서의 이카리아 공동체 실험은 대통령 카베의 독재적인 정치체제에 대한 불만으로 1856년에 두 파로 분열되며, 카베파가 노부를 떠나 세인트루이스에 집결하자마자 그해 11월 카베는 새로운 공동체를 건설하기 전에 사망했다.

13 바이틀링(Christian Wilhelm Weitling, 1808~71). 재단사 출신으로 푸리에, 오언 등의 사상적 흐름을 포용한 독일 공산주의 사상가. 공상적인 평등 공산주의 이론을 주장. '의인 동맹'의 회원이었으며, 뒤에 미국으로 건너가 이상촌 건설을 시도하다가 실패했다. 저서로는 『인류의 현실과 이상』 등이 있다.

14 1848년 파리의 노동자들이 일으킨 6월 폭동을 말한다.

나은 증인은 없다. 왜냐하면 내가 이 글을 쓰고 있는 오늘날 유럽과 미국의 프롤레타리아 계급은 하나의 당면 목표를 위해 하나의 깃발 아래 하나의 군대로서 처음 동원된 자신의 전투 부대들을 사열(査閱)하고 있기 때문이다. 다시 말해 그 당면 목표란 이미 1866년 국제 제네바대회에서 처음으로 선언되었고, 1889년 파리 노동자대회[15]에서 다시 선언된 정규 노동일 8시간 노동을 법적으로 확인하는 일이다. 그리고 오늘날의 이 광경은 전 세계의 자본가와 지주들에게 오늘날 전 세계의 프롤레타리아들이 실제로 단결되어 있다는 사실에 눈 뜨게 해줄 것이다.

마르크스가 지금도 내 곁에서 이 광경을 자신의 눈으로 지켜볼 수 있다면 좋으련만!

1890년 5월 1일, 런던

프리드리히 엥겔스

15 제2인터내셔널(1889~1914) 창립대회를 가리킨다.

1892년 폴란드어판 서문

『공산당 선언』의 새로운 폴란드어판이 꼭 필요하게 되었다는 사실은 여러 가지를 고찰할 계기를 마련해준다.

맨 먼저 주목할 만한 일은 『공산당 선언』이 최근 들어 유럽 대륙에서 대규모 산업의 발전을 나타내는 하나의 척도가 되었다는 사실이다. 한 나라에서 대규모 산업이 확장됨에 따라 그 나라의 노동자들 사이에서도 유산계급에 대한 노동자계급으로서의 지위와 관련해 계몽의 욕구가 커지고, 그들 사이에서 사회주의 운동이 퍼지며, 『공산당 선언』에 대한 수요가 증가한다. 따라서 나라마다 노동자 운동의 상태뿐만 아니라 대규모 산업의 발전 정도도 그 나라 언어로 보급된 『공산당 선언』의 부수로 상당히 정확하게 측정할 수 있다.

이에 따르면 새 폴란드어판은 폴란드 산업의 명백한 진보를 나타낸다. 그리고 10년 전에 이전 판이 나타난 이래 이 진보가 실제로 이루어졌다는 것은 의심의 여지가 없다. 러시아령 폴란드, 폴란드 입헌왕국(Kongreß-Polen)은 러시아 제국의 대규모 공업지대가 되었다. 러시아의 대규모 산업이 산발적으로 흩어져 있는 반면—어떤 부분은 핀란드 만 주변에, 어떤 부분은 중심부(모스크바와 블라디미르)에, 세 번째 부분은 흑해와 아조프해 부근에, 또 다른 부분은 다른 곳에 분산되어 있다—폴란드 산업은 비교적 작은 공간에 빽빽이 들어차 있어 이 집중에서 생기는 장점과 단점을 누리고 있다. 경쟁하는 러시아 제조업자들이 폴란드인을 러시아인으로 바꾸려고 간절히 소망했음에도 폴란드에 대항해 보호관세를 요구했을 때 그들은 이 장점을 인정한 셈이었다. 단점은—폴란드 제조업자와 러시아 정부의 입장에서—폴란드 노동자들 사이에서 사회주의 사상이 급속히 퍼지는 것과 『공산당 선언』의 수요가 증가하는 데서 드러난다.

그러나 러시아 산업의 발전을 훨씬 능가한 폴란드 산업의 급속한 발전은 그 나름으로 폴란드 국민이 지닌 강인한 생활력의 새로운 증거이자 임박한 국권 회복의 새로운 보증이다. 그러나 강력한 독립 폴란드의 회복은 폴란드인뿐만 아니라 우리 모두와도 관계있는 문제다. 유럽 국가들의 솔직한 국제협력은 이들 각 국가가 자국에서 완전히 자율적일 때만 가능하다. 1848년의 혁명은 프롤레타리아의 깃발 아래 프롤레타리아 전사들로 하여금 결국 부르주아 계급의 일을 해준 것에 불과하지만, 부르주아 계급의 유언집행자들인 루이 보나파르트와 비스마르크를 통해 이탈리아, 독일의 통일과 헝가리의 독립을 관철시키기도 했다. 그러나 폴란드는 1792년 이래 혁명을 위해 이 세 나라 모두를 합한 것보다 더 많은 일을 했지만, 1863년 열 배는 우세한 러시아 군에 굴복했을 때 제멋대로 하도록 방임되었다. 귀족은 폴란드의 독립을 유지할 능력도 다시 쟁취할 능력도 없었다. 부르주아 계급에 이 독립은 오늘날 적어도 아무래도 상관없는 일이다. 그렇지만 폴란드의 독립은 유럽 국가들의 조화로운 협력을 위해 필연적인 일이다. 폴란드의 젊은 프롤레타리아 계급만이 독립을 쟁취할 수 있고, 그들 손에서 독립이 잘 보존된다. 그도 그럴 것이 폴란드의 독립은 폴란드 노동자 자신은 물론이고 그 밖의 전체 유럽의 노동자에게도 꼭 필요하기 때문이다.

1892년 2월 10일, 런던

프리드리히 엥겔스

1893년 이탈리아어판 서문

이탈리아 독자들에게

『공산당 선언』이 출간된 날은 밀라노와 베를린에서 혁명이 일어난 1848년 3월 18일과 거의 정확히 맞아떨어졌다. 그 혁명은 한편으로 유럽 대륙의 중심부, 다른 한편으로 지중해의 중심부에 위치한 두 국가의 본보기였다. 두 국가는 그때까지 영토의 분열과 내부 불화로 힘이 약화되어 그 때문에 외세의 지배를 받고 있었다. 이탈리아는 오스트리아 황제에게 예속되어 있었고, 독일은 그다지 직접적으로는 아니었지만 모든 러시아인을 통치하는 차르의 무거운 굴레를 짊어져야 했다. 1848년 3월 18일의 영향은 이탈리아와 독일을 이 치욕에서 벗어나게 했다. 1848년에서 1871년의 시기에 두 대국이 회복되어 어느 정도 원상 복구되었다면 이 일이 일어난 것은 마르크스가 말했듯이 1848년의 혁명을 진압한 자들이 그 뒤 본의 아니게 그 혁명의 유언집행자가 되었기 때문이다.

혁명은 당시 어디서나 노동자계급의 업적이었다. 바리케이드를 치고 목숨을 건 것은 바로 노동자계급이었다. 정부를 무너뜨릴 때 부르주아 정권을 무너뜨려야겠다는 뚜렷한 의도를 가진 것은 파리의 노동자들뿐이었다. 그렇지만 그들이 자신의 계급과 부르주아 계급 사이에 존재하는 불가피한 적대감을 의식하고 있긴 했지만, 나라의 경제적 진보도 프랑스 노동자 대중의 지적 발전도 사회 개편을 가능케 할 정도에는 이르지 않았다. 따라서 혁명의 열매는 결국 자본가계급이 가져갔다. 이탈리아, 독일, 오스트리아, 헝가리 등 다른 나라들에서는 노동자들이 애당초부터 부르주아 계급이 권력을 잡게 하는 일밖에 하지 않았다. 하지만 어떤 나라에서도 부르주아 계급의 지배는 국가 독립 없이는 불가능하다. 따라서 1848년의 혁명은 그때까지 이탈리아, 독일, 헝가리 같은 나라들에 결여되었던 통일과 독립을 초래할 수밖에 없었다. 때가 되면 폴란드가 그 뒤를 따를 것이다.

따라서 1848년의 혁명은 사회주의 혁명이 아니었다 해도 사회주의 혁명을 위한 앞길을 텄고, 이를 위한 토대를 마련했다. 모든 나라에서 대규모 산업의 발전으로 부르주아 정권은 지난 40년간 어디서나 굳게 결합하고 강력한 수많은 프롤레타리아를 산출했으며, 『공산당 선언』의 표현을 사용하면 그 자신의 무덤을 파는 사람들을 만들어냈다. 각 유럽 국가의 독립과 통일의 회복 없이는 프롤레타리아의 국제적 연합도 또는 공동 목표를 달성하기 위한 이들 국가의 조용하고 분별 있는 협력도 성취될 수 없으리라. 1848년 이전 시기의 정치 상황 하에서 이탈리아, 헝가리, 독일, 폴란드, 러시아 노동자들이 공동으로 국제 행동을 한다고 한번 상상해보라!

그러므로 1848년에 벌어진 여러 전투는 헛된 것이 아니었다. 저 혁명적 시기로부터 우리를 갈라놓는 45년 세월 또한 헛된 것이 아니다. 열매는 익어가고 있고, 나는 『공산당 선언』의 이 이탈리아어 번역본의 출간이 이탈리아 프롤레타리아의 승리에 좋은 전조(前兆)가 되기를 바랄 뿐이다. 그 원본의 발간이 국제 혁명의 좋은 전조가 되었듯이 말이다.

『공산당 선언』은 자본주의가 과거에 수행한 혁명적 역할을 완전히 정당하게 평가한다. 최초의 자본주의 국가는 이탈리아였다. 봉건 중세의 종말과 현대 자본주의 시대의 개막을 알린 사람은 이탈리아의 위대한 인물인 단테였다. 단테는 중세 최후의 시인인 동시에 근대 최초의 시인이었다. 1300년경과 마찬가지로 오늘날 새로운 역사 시대가 열리고 있다. 이탈리아는 프롤레타리아 시대의 탄생 시각을 알릴 새로운 단테를 우리에게 선물할 것인가?

1893년 2월 1일, 런던

프리드리히 엥겔스

공산당 선언

유령 하나가 유럽에 돌아다니고 있다—공산주의라는 유령이. 교황과 차르, 메테르니히[1]와 기조[2], 프랑스 과격파와 독일 경찰 등 구 유럽의 온갖 세력은 이 유령을 몰이사냥하기 위해 신성동맹[3]을 맺었다.

집권당으로부터 공산주의적이라는 비방을 당하지 않을 반정부당이 어디 있겠는가? 또한 자신의 반동적인 적들뿐만 아

---

1 메테르니히(Klemens Wenzel Lothar von Metternich, 1773~1859). 오스트리아의 정치가이자 외교가로 당대의 가장 중요한 외교가였다. 19세기 초 유럽에서 타오른 자유주의, 민족주의, 사회주의 운동을 탄압했으며, 흔히 보수 반동 정책의 대명사로 불린다. 그는 보수적이어서 프랑스 혁명이나 자유주의에 반대하는 동시에, 독일 및 이탈리아의 국민적 통일을 두려워했으며, 신성 동맹을 이용하여 제국의 자유와 통일 운동에 무력으로 간섭을 하였다. 1848년 프랑스 2월 혁명이 일어나 빈 체제가 붕괴되며 그는 의장 자리에서 추방되었다. 그 후 영국에 망명했다가, 1851년 귀국하여 프란츠 요제프 1세의 정치적 상담 역할을 하였다.

2 기조(François Guizot, 1787~1874). 프랑스의 정치가·역사가. 제1차 부르봉 왕정복고(1814)에 가담해 입헌군주제의 유력한 지지자가 되었다. 그는 7월 왕정(1830~48) 때 보수적인 입헌왕당파의 지도자로서 중요한 장관직을 맡았다.

니라 더욱 진보적인 다른 반정부당 인사들에 대해서도 공산주의라고 낙인찍으며 비난을 퍼붓지 않을 반정부당이 어디 있겠는가?

이러한 사실에서 두 가지 결론을 얻을 수 있다.

1. 유럽의 모든 세력은 공산주의를 이미 하나의 세력으로 인정하고 있다.

2. 공산주의자들이 자신의 견해, 목적, 경향을 전 세계에 솔직히 표명하고, 공산주의의 유령이라는 동화에 맞서 당 자체의 선언을 내놓을 절호의 기회다.

이 목적을 위해 극히 다양한 국적을 가진 공산주의자들이 런던에 모여 다음과 같은 선언의 초안을 작성하고, 이를 영어, 프랑스어, 독일어, 이탈리아어, 플랑드르어, 덴마크어로 발표하게 되었다.

---

3 1815년 9월 26일 파리에서 대다수의 유럽 주권국 사이에 결성된 느슨한 기구. 나폴레옹을 완전히 패배시킨 뒤 제2차 파리 평화조약 협상 중 러시아의 알렉산드르 1세, 오스트리아의 프란츠 1세, 프로이센의 프리드리히 빌헬름 3세의 주도로 결성되었다. 그러나 나폴레옹 이후 국제 외교에서 가장 중요한 역할을 했던 오스트리아의 클레멘스 폰 메테르니히 공과 영국의 캐슬레이 자작은 이 동맹을 중요하지 않은 일시적인 연합으로 여겼다.

I
부르주아와 프롤레타리아[1]

지금까지 존재한 모든 사회의 역사[2]는 계급투쟁의 역사이다.

자유민과 노예, 세습 귀족과 평민, 남작과 농노, 길드장인과 직인, 한 마디로 억압자와 피억압자는 서로 끊임없이 대립하면서 중단하지 않고 때로는 은밀하게, 때로는 공공연하게 싸움을

---

1 부르주아 계급은 사회적 생산수단의 소유자이며, 임금노동을 착취하는 현대 자본가 계급으로 이해된다. 프롤레타리아 계급은 자신의 생산수단을 소유하지 못하므로 살기 위해 자신의 노동력을 팔아야 하는 현대 임금 노동자를 말한다.[1888년의 영어판에 붙인 엥겔스의 주]

2 이것은 엄밀히 말하면 한 걸음씩 전래된 역사를 뜻한다. 1847년 사회의 전사(前史), 즉 문자로 기록된 모든 역사를 선행하는 사회 조직은 아직 알려지지 않은 것이나 마찬가지였다. 그 후 학스트하우젠(Haxthausen)이 러시아에서 토지의 공동소유를 발견했고, 마우러(Maurer)는 토지의 공동 소유가 모든 독일 종족의 역사적 출발점을 이루는 사회적 토대임을 입증했으며, 토지를 공동 소유하는 촌락공동체가 인도에서 아일랜드에까지 이르는 사회의 원시 형태였음이 점차 밝혀졌다. 이 원시 공산주의 사회의 내부 조직의 전형적 형태는 씨족 집단의 참된 본성과 종족 내의 그 위치에 대한 모건(Morgan)의 최종적인 발견에 의해 마침내 드러났다. 이 원래적 공동체의 해체와 함께 사회는 특수한 계급, 또 급기야는 서로 대립하는 계급으로 갈라지기 시작했다. 나는 이 해체 과정을 『가족, 사유재산, 국가의 기원』(제2판, 슈투트가르트 1886)에서 추적하려고 했다.[1888년의 영어판에 붙인 엥겔스의 주]

벌였다. 그리고 싸움은 그때마다 전체 사회의 혁명적 개조나 싸우는 계급들의 공동 몰락으로 끝났다.

이전의 역사 시대에는 거의 어디서나 사회가 상이한 신분으로 나뉘어 있고, 사회적 서열이 다양하게 등급 매겨져 있는 것을 볼 수 있다. 고대 로마에는 세습 귀족, 기사, 평민, 노예가 있었고, 중세에는 봉건 영주, 가신(家臣), 길드장인, 직인, 농노가 있었다. 또 이들 계급의 거의 대부분은 특수한 여러 등급으로 나뉘어 있었다.

봉건사회의 몰락에서 생겨난 현대 부르주아 사회는 계급대립을 없애지 못했다. 단지 옛날 것들 대신 새로운 계급, 새로운 억압 조건, 새로운 투쟁 형태들을 만들어냈을 뿐이다.

그렇지만 우리 시대, 부르주아 계급의 시대[3]는 계급대립을 단순화시켰다는 점에서 두드러진 특징을 지니고 있다. 전체 사회는 부르주아 계급과 프롤레타리아 계급이라는 두 개의 커다란 적대 진영으로, 서로 직접 맞서고 있는 두 개의 커다란 계급으로 점점 더 분열되고 있다.

중세 농노로부터 초기 도시의 성밖 거주 시민[4]이 생겨났으며, 이 시민으로부터 부르주아 계급의 최초의 요소들이 발전해

---

3 1830년 혁명 후 부르주아 계급의 시대에 관한 이야기가 나왔는데 그 대표자는 언론인 루이 블랑이다.

4 Pfahlbürgerschaft. 중세에 시민권을 가지면서도 도시 밖에 사는 사람을 의미했는데, 흔히 속물 시민을 일컫는다.

나왔다.

아메리카의 발견, 아프리카의 케이프 항로의 발견은 신흥 부르주아 계급을 위한 새로운 지형을 마련해주었다. 동인도와 중국의 시장, 아메리카의 식민지화, 여러 식민지와의 교역, 교환 수단과 상품의 증가는 상업, 해운업, 공업에 일찍이 알지 못한 비약을 가져다주었으며, 또 그럼으로써 무너져가는 봉건사회 내의 혁명적 요소를 급속히 발전시켰다.

지금까지 산업의 봉건적 또는 길드의 폐쇄적 운영 방식은 새로운 시장으로 늘어나는 수요를 더 이상 충족시킬 수 없었다. 그 대신 등장한 것이 매뉴팩처 체계였다. 길드장인은 산업의 중간계급에 의해 밀려났으며, 서로 다른 자치적 길드들 간의 분업은 사라지고 개별 작업장 자체에서의 분업이 들어서게 되었다.

그러나 시장은 계속 성장했으며, 수요 또한 꾸준히 늘어났다. 그래서 매뉴팩처조차 더 이상 충분한 것이 되지 못했다. 또한 증기와 기계장치가 산업생산을 획기적으로 발전시켰다. 매뉴팩처의 자리를 거대한 현대 산업이, 산업 중간계급의 자리를 산업 백만장자가, 전체 산업 군대의 장(長)인 현대 부르주아 계급이 차지하게 되었다.

거대한 산업은 아메리카의 발견으로 마련된 세계시장을 만들어냈다. 세계시장으로 무역, 해운업, 육상교통이 엄청나게 발전하게 되었다. 이 발전은 산업의 확장에 도로 영향을 미쳤다.

즉 부르주아 계급은 공업, 상업, 해운업, 철도가 확장되는 것과 똑같은 정도로 발전했고, 자신의 자본을 증가시켰으며, 중세로부터 내려온 여러 계급을 뒷전으로 몰아냈다.

그러므로 우리는 현대 부르주아 계급 자체가 긴 발전과정의 산물이며, 생산양식과 교환양식에서의 일련의 변혁이 낳은 산물임을 알게 된다.

부르주아 계급의 이 같은 각 발전단계에는 그에 상응하는 정치적 진보가 뒤따랐다. 부르주아 계급은 봉건 영주의 지배 하에서는 피억압 신분으로 있었고, 중세 코뮌[5]에서는 무장한 자치단체[6]를 결성하고 있었다. 또 어느 곳에서는 독립적인 도시 공화국(이탈리아와 독일)을 이루고 있었고, 또 어느 곳에서는 군주의 과세 대상인 '제3신분'(프랑스)으로 있었다. 부르주아 계급은 이후 매뉴팩처 시기에는 신분제적 또는 절대적 군주제에서 귀족의 대항세력이었고, 일반적으로는 대군주제의 주된 토대였으며, 현대 산업과 세계시장이 확립되고부터는 마침내 현대의 대의제 국가에서 배타적인 정치적 지배권을 쟁취하게 되었

5 '코뮌'은 프랑스에서 생겨나는 도시들이 스스로를 칭하는 이름이었다. 심지어 이 도시들은 봉건 영주와 주인으로부터 '제3신분'으로서 지방 자치와 정치 권리를 쟁취하기 전에도 그렇게 불렀다. 일반적으로 말해 우리는 여기서 부르주아 계급의 경제적 발전에 대한 전형적인 나라로는 영국을, 그 정치적 발전에 대한 전형적인 나라로는 프랑스를 인용했다.[1888년의 영어판에 붙인 엥겔스의 주]

6 이탈리아와 프랑스의 도시민들이 그들의 봉건 영주로부터 최초의 자치권을 사들이거나 강제로 빼앗은 뒤 그들의 도시 공동체를 그렇게 불렀다.[1890년의 독일어판에 붙인 엥겔스의 주]

다. 현대의 국가 권력은 다만 전체 부르주아 계급의 공동 업무를 관리하는 위원회에 불과하다.

역사적으로 부르주아 계급은 지극히 혁명적인 역할을 담당해 왔다.

부르주아 계급은 지배권을 확립한 곳에서 온갖 봉건적, 가부장적, 목가적 관계를 분쇄시켜 왔다. 부르주아 계급은 인간을 자연스런 상하관계에 묶어 놓는 잡다한 봉건적 끈을 가차 없이 끊어버렸으며, 인긴과 인간 사이에 적나라한 이기심, 몰인정한 '현금지불관계' 외에는 어떠한 끈도 남겨놓지 않았다. 또한 광신, 기사도적 감격, 속물적 애수라는 신성한 전율을 자기중심적 타산이라는 차디찬 물속에 빠뜨려버렸다. 또 개인적 존엄을 교환가치로 용해시켜 버렸으며, 문서로 보증되고 정당하게 얻은 무수한 자유 대신 자유무역이라는 하나의 비양심적인 자유를 내세웠다. 한 마디로, 부르주아 계급은 종교적·정치적 환상으로 은폐된 착취를 공공연하고 파렴치하고 직접적이며 잔혹한 착취로 바꿔 놓았다.

부르주아 계급은 지금까지 존경과 경건한 경외감으로 바라본 모든 직업으로부터 그 후광을 제거했다. 또한 의사, 법률가, 사제, 시인, 학자를 자신에게서 보수를 받는 임금노동자로 변모시켜 버렸다.

부르주아 계급은 가족관계에서 감동적이고 감상적인 장막을 찢어버리고 그 관계를 순전히 돈의 관계로 환원시켰다.

부르주아 계급은 보수 반동세력이 중세에 그토록 감탄을 금치 못한 잔인한 힘의 발현이 가장 나태한 게으름뱅이에게서 어떻게 적절히 보완되는지 폭로했다. 부르주아 계급은 인간의 활동이 무엇을 이룩해낼 수 있는지 처음으로 증명해주었다. 부르주아 계급은 이집트 피라미드나 로마의 수도 시설, 고딕식 성당과는 전혀 다른 놀라운 업적을 이루었다. 민족대이동이나 십자군 원정과는 전혀 다른 원정을 실행한 것이다.

부르주아 계급은 생산도구, 즉 생산관계, 그러므로 전체 사회관계를 끊임없이 혁명적으로 변화시키지 않으면 존재할 수 없다. 그 반면 이전의 모든 산업 계급의 제일가는 생존조건은 낡은 생산양식을 변함없이 유지하는 것이었다. 지속적인 생산의 변혁, 모든 사회적 상태의 부단한 교란, 항구적인 불안과 동요는 부르주아 시대를 이전의 다른 모든 시대와 구분 짓는 특징이다. 확고하고 녹슨 모든 관계, 이와 더불어 옛날의 존경할 만한 생각과 견해들은 용해되고, 새로 형성된 모든 것은 굳어지기도 전에 낡은 것이 되어버린다. 신분적인 것과 고정된 모든 것은 증발해버리고, 신성한 모든 것은 더럽혀지며, 인간들은 마침내 그들의 사회적 지위, 그들의 상호 관계를 냉정한 눈으로 직시하지 않을 수 없게 된다.

부르주아 계급은 그들 생산물의 판매 시장을 끊임없이 더 확장시켜야 하는 필요성 때문에 지구의 구석구석을 누벼야 한다. 부르주아 계급은 곳곳에 둥지를 틀고, 곳곳에 정착하고, 곳곳에 연줄을 맺어야 한다.

부르주아 계급은 세계시장의 착취를 통해 모든 나라의 생산과 소비에 범세계적 형태를 부여했다. 반동주의자에게는 무척 유감스러운 일이겠지만 부르주아 계급은 산업의 국가적 기반을 떼어내 버렸다. 태곳적의 국가적 산업은 폐기되었고 또 나날이 폐기되어 가고 있다. 낡은 산업은 모든 문명민족이 사활을 걸고 도입하려 하는 새로운 산업에 의해 밀려난다. 그 새로운 산업은 이제 더 이상 토착 원료가 아닌 가장 먼 지역에서 온 원료를 가공하며, 그 제품은 국내뿐만 아니라 모든 대륙에서 동시에 소비되고 있다.

그 나라의 생산물로 충족되던 옛날의 욕구 대신 가장 먼 나라와 토양의 생산물로 충족될 수 있는 새로운 욕구가 생겨난다. 옛날의 지역적, 민족적 자족과 격리 대신 전면적인 교류, 민족 상호 간의 전면적인 의존이 생겨난다. 물질적 생산뿐만 아니라 정신적 생산에서도 이와 마찬가지다. 개별 민족의 정신적 산물은 공유재산이 된다. 민족적 일면성과 제한성은 점점 불가능해지며, 수많은 민족 문학과 지역 문학으로부터 하나의 세계 문학[7]이 형성된다.

부르주아 계급은 모든 생산도구가 급속히 향상되고 통신이 무한히 수월해짐으로써, 가장 미개한 민족을 포함하여 모든 민

7 세계문학(Weltliteratur)이란 용어는 괴테에게서 유래한 용어이다.

족을 문명화시킨다. 저렴한 상품 가격은 모든 만리장성을 무너뜨리고, 미개인의 더없이 완강한 외국인 증오를 굴복시키는 대포다. 부르주아 계급은 모든 민족에게 파멸하지 않으려면 부르주아의 생산양식을 전유(專有)할 것을 강요하며, 소위 문명을 받아들일 것, 즉 부르주아가 될 것을 강요한다. 한 마디로 부르주아 계급은 자신의 모습대로 세계를 창조하는 것이다.

부르주아 계급은 시골이 도시에 지배당하도록 했다. 부르주아 계급은 거대도시를 만들었고, 농촌에 비해 도시인구를 크게 증가시켰으며, 그리하여 인구의 상당 부분을 농촌생활의 백치상태에서 벗어나게 했다. 또한 시골을 도시에 종속시켰듯이, 미개국과 반미개국을 문명국에, 농민을 부르주아에, 동양을 서양에 종속시켰다.

부르주아 계급은 생산수단, 소유, 인구의 분산을 점점 제거하고 있다. 부르주아 계급은 인구를 한데 뭉치고 생산수단을 한 곳에 집중시켰으며, 재산을 소수의 손에 집중시켰다. 이것의 필연적인 결과가 정치적 중앙집권화였다. 상이한 이해관계, 법률, 정부, 조세제도를 갖고 있던 독립적이며 거의 연합한 것에 불과한 여러 지역은 하나의 정부, 하나의 법률, 하나의 국민적 계급 이해, 하나의 관세제도를 지닌 하나의 나라로 뭉치게 되었다.

부르주아 계급은 백년 남짓 계급지배를 하는 동안 과거의 모든 세대가 이룬 것을 모두 합친 것보다 더 대규모의 엄청난 생산력을 창출했다. 자연력의 정복, 기계장치, 산업과 경작에서의 화학의 응용, 증기기선, 철도, 전기통신, 전체 대륙의 개간, 운하 건설, 땅을 구르며 솟아난 듯한 전체 인구-이전의 어떤 세기가 그러한 생산력이 사회적 노동의 품속에 잠자고 있으리라고 예감할 수 있었겠는가?

그러므로 우리는 보았다. 부르주아 계급이 성장하며 토대로 삼고 있는 생산수단과 교환수단은 봉건사회에서 생겨났다. 이들 생산수단과 교환수단이 특정한 발전단계에 이르자, 봉건사회가 생산하고 교환하는 관계, 농업과 매뉴팩처의 봉건적 조직, 한마디로 말해 봉건적 소유관계는 이미 발전된 생산력과 더 이상 양립할 수 없게 되었다. 그 관계는 생산을 촉진시키기는커녕 방해했다. 그것은 그 만큼의 족쇄로 바뀌었다. 그들은 부서져야 했으며, 실제로 부서졌다. 그 자리에는 자유경쟁이 대신 들어섰으며, 그와 함께 자유경쟁에 맞는 사회적, 정치적 구조와 부르주아 계급의 경제적, 정치적 지배가 뒤따랐다.

우리 눈앞에 비슷한 움직임이 벌어지고 있다. 시민적인 생산관계와 교환관계, 소유관계를 가지고 있는 현대 부르주아 사회, 엄청난 생산수단과 교환수단을 마법으로 불러낸 이 사회는 자신이 마법의 힘으로 불러낸 명부(冥府)세계의 힘을 더 이상 통제하지 못하는 마법사와 같다. 지난 수십 년 동안 공업과 상업의 역사는 단지 현대적 생산관계에 대한, 또 부르주아 계급과 그 지배의 생활조건인 소유관계에 대한 현대적 생산력의 모반의 역사에 불과하다.

이에 대해서는 주기적으로 일어나면서 갈수록 위협적으로 전체 시민 사회의 생존을 시험대에 올려놓는 상업의 위기를 언급하는 것으로 충분하다. 이러한 위기에서는 기존 생산물뿐 아니라 이미 창출된 생산력의 대부분이 규칙적으로 폐기된다. 또한 이전의 모든 시대에는 터무니없는 것으로 여겨졌을 사회적 전염병, 즉 과잉생산이라는 전염병이 번지게 된다. 사회는 갑자기 순간적인 야만상태로 되돌아간 것처럼 보이게 된다. 마치 기근이나 전반적인 섬멸전으로 인해 사회에 모든 생활수단의 공급이 차단된 것처럼 여겨진다. 공업과 상업은 폐기된 듯이 보인다. 그러면 그 이유는 무엇인가? 사회가 지나친 문명, 지나친 생활수단, 지나친 공업, 지나친 상업을 소유하고 있기 때문이다. 사회가 마음대로 처분할 수 있는 생산력은 더 이상 시민적 소유관계를 촉진시키는 데 쓰이지 않는다. 이와는 반대로 생산력은 이 소유관계에 비해 너무 강력해져서 그것에 의해 방해받는다. 또 이 방해를 극복하자마자 그 생산력은 시민 사회 전체를 혼란에 빠뜨리고 시민적 소유의 존재를 위태롭게 한다. 시민 사회의 여러 관계는 생산력이 산출한 부를 포괄하기에는 너무 협소해진 것이다.

그렇다면 부르주아 계급은 이 위기를 어떻게 극복하는가? 한편으로는 대규모 생산력을 강제로 폐기함으로써, 다른 한편으로는 새로운 시장을 정복하고 기존의 시장을 더욱 철저하게 착취함으로써 극복한다. 그래서 어떻게 한단 말인가? 다시 말해 더 전면적이고 더 강력한 위기들을 준비하고, 위기들을 예방하는 수단을 축소시킴으로써 극복한다.

부르주아 계급이 봉건제를 무너뜨렸던 무기가 이제 부르주아 계급 자신을 겨냥하게 된다.

그러나 부르주아 계급은 자신을 죽음에 몰아넣는 무기를 주조했을 뿐 아니라 이 무기를 사용할 사람들인 현대의 노동자, 즉 프롤레타리아도 탄생시켰다.

부르주아 계급, 즉 자본이 발전하는 것과 같은 정도로 프롤레타리아 계급, 즉 현대의 노동자계급도 발전한다. 노동자들은 일거리를 얻는 한에서만 살아갈 수 있으며, 그들의 노동이 자본을 증대시키는 한에서만 일거리를 얻을 수 있다. 자신을 조금씩 팔아야 하는 이들 노동자는 다른 모든 상품과 마찬가지로 하나의 상품이며, 따라서 경쟁의 온갖 부침에, 시장의 온갖 변동에 무방비로 노출되어 있다.

기계장치의 확산과 분업에 의해 프롤레타리아의 노동은 모든 자립적 성격과, 그로써 노동자에 대한 온갖 매력을 잃어버렸다. 노동자는 기계의 단순한 부속물이 되며, 그에게 요구되는 것은 가장 단순하고 가장 단조로우며 가장 쉽게 습득할 수 있는 기술뿐이다. 그렇기 때문에 노동자가 초래하는 비용은 자신의 생계와 종족 번식에 필요한 생존수단에만 거의 한정된다. 그러나 상품의 가격, 곧 노동의 가격은 그 생산비용과 같다.[8]

그러므로 노동에 대한 반발심이 커질수록 임금은 감소한다. 그뿐 아니라 기계장치와 분업이 증가하는 것과 같은 정도로, 노동시간의 증가에 의해서든, 주어진 시간 내에 요구된 노동의 증가나 기계가 돌아가는 속도가 빨라지는 것 등에 의해서든, 노동의 양 또한 증가한다.

근대 산업은 가부장적 장인의 조그만 작업장을 산업 자본가의 커다란 공장으로 바꾸어 놓았다. 공장에 몰려든 노동자 집단은 군대식으로 편성된다. 그들은 일반 산업 병사로서 부사관과 장교로 이루어진 완벽한 위계질서의 감시를 받는다. 그들은 부르주아 계급, 부르주아 국가의 노예일 뿐 아니라, 날이 갈수록 기계와 관리자에 의해, 무엇보다도 개별 부르주아 공장주 자신에 의해 노예화되고 있다. 이러한 전횡은 부르주아가 영리를 목표로 공공연히 선언할수록 더욱 좀스럽고 비열하며 불쾌한 것이 된다.

육체노동에 필요한 숙련된 기술과 발휘되는 힘이 적게 요구될수록, 즉 현대 산업이 발전할수록 남성의 노동은 여성의 노동에 의해 밀려난다. 성별과 연령의 차이는 노동자계급에 대해 더 이상 사회적 타당성을 갖지 못한다. 연령과 성별에 따라 비용이 다르긴 하지만 모든 사람은 노동의 도구에 불과하다.

공장주에 의한 노동자의 착취가 끝나게 되어 노동자가 임금

---

8 『공산당 선언』이 나온 시기에는 마르크스의 착취이론이 완성되지 못한 상태였다. 1850년대부터 그는 노동자는 노동이 아닌 노동력을 판다고 명시했다.

을 현금으로 받게 되면 부르주아 계급의 다른 여러 부분, 즉 집주인, 상점주인, 전당포 주인 등이 노동자에게 달려든다.

지금까지의 하층 중간계급, 즉 소산업가, 상인과 연금 생활자, 수공업자와 농민 등 이 모든 계급은 프롤레타리아 계급으로 전락한다. 한편으로 그들의 영세자본으로는 거대 산업의 운영을 감당할 수 없고, 좀 더 큰 자본가와의 경쟁에서 패배하기 때문이며, 다른 한편으로는 그들의 숙련된 기술이 새로운 생산방식으로 인해 쓸모없어지게 되기 때문이다. 이처럼 프롤레타리아 계급은 인구의 모든 계급으로부터 충원되는 것이다.

프롤레타리아 계급은 여러 가지 상이한 발전단계를 거친다.[9] 부르주아 계급과의 투쟁은 프롤레타리아 계급이 생겨나면서부터 시작된다.

처음에는 개별 노동자들이 투쟁을 시작하다가, 그 다음에는 한 공장의 노동자들이, 그 다음에는 한 장소의 한 직종의 노동자들이 자신들을 직접 착취하는 개별 부르주아를 상대로 투쟁하게 된다. 그들은 시민적 생산관계에 대해서뿐만 아니라 생산도구 자체에 대해 공격을 가한다. 다시 말해 그들은 자기들의 노동과 경쟁하는 외국 상품을 폐기하며, 기계를 박살내고, 공장을 불 지르며, 중세시대 근로자의 몰락한 지위를 다시 쟁취하고자 한다.

9 프롤레타리아 계급의 발전 단계에 대한 설명은 엥겔스의 『영국 노동계급의 상태』(1845)를 원용하고 있다.

이 단계에서 노동자는 전국에 흩어져 있으며 자기들 간의 경쟁으로 사분오열된 대중에 머물러 있다. 노동자들이 한데 뭉쳐 긴밀한 결합체를 이루는 것은 아직 그들 자신이 연합한 결과가 아니라 부르주아 계급이 연합한 결과이다. 부르주아 계급은 자신의 정치적 목적을 달성하기 위해 전체 프롤레타리아 계급을 동원하지 않을 수 없으며, 아직 당분간은 그럴 능력도 있다.

그러므로 이 단계에서 프롤레타리아 계급은 자신의 적과 싸우는 것이 아니라 자신의 적의 적, 즉 절대 군주제의 잔재인 지주, 비산업 부르주아, 소시민과 싸우는 것이다. 이리하여 전체적인 역사적 운동은 부르주아 계급의 수중에 집중되어 있다. 그렇게 쟁취된 각각의 승리는 부르주아 계급의 승리다.

그러나 산업의 발달로 프롤레타리아 계급은 숫자만 증가하는 것이 아니다. 프롤레타리아 계급은 더 큰 무리로 압축되어 힘이 커지며, 그 힘을 점점 더 많이 느끼게 된다. 기계장치가 노동의 차이를 점점 더 지워버리고 거의 모든 곳에서 임금을 동일하게 낮은 수준으로 줄임으로써 프롤레타리아 계급 내부의 여러 이해관계와 생활 상황은 점점 더 평준화된다. 부르주아들 간의 경쟁이 격화되고 그 결과 상업위기가 생겨나면서 노동자의 임금은 갈수록 동요하게 된다. 기계장치가 급속히 발전하고 끊임없이 개선되면서 노동자의 전체적인 사회적 지위는 갈수록 불안정해진다. 따라서 개별 근로자와 개별 부르주아 간의 충돌은 갈수록 두 계급간의 충돌이라는 성격을 띠게 된다.

그 결과 노동자들은 부르주아에 반대하는 결사체를 결성하기 시작하며, 자신의 노임을 주장하기 위한 모임을 갖는다. 그들은 이따금 일어날 폭동에 대비하기 위해 지속적인 결사체를 결성한다. 여기저기서 싸움은 폭동으로 번지게 된다.

때때로 노동자는 승리하기도 하지만 그것은 일시적일 뿐이다. 싸움의 본래적 결과는 직접적인 성과에 있는 것이 아니라 점점 넓게 번지는 노동자들의 단합에 있다. 거대 산업이 만들어낸 통신 수단에 의해 여러 지역 노동자들이 서로 연결할 수 있게 됨으로써 단합이 촉진된다. 같은 성격을 지니는 수많은 지역적 투쟁을 계급들 간의 하나의 전국적 투쟁으로 집중시키기 위해 필요한 것이 바로 이 연결이다. 그러나 모든 계급투쟁은 정치투쟁이다. 중세의 시민이 샛길로 수백 년이 필요한 단결을 현대 프롤레타리아는 철도로 몇 년 만에 이룩해낸다.

이처럼 프롤레타리아를 계급으로, 그로써 당으로 조직하는 일은 매순간 노동자 자신들 간의 경쟁에 의해 다시 분쇄되고 있다. 하지만 그 조직은 번번이 더 강하고 더 굳세고 더 힘차게 되살아난다. 그 조직은 부르주아 계급들 간의 분열을 이용하여 입법의 형태로 노동자의 개별 이해관계의 승인을 강요한다. 그리하여 영국에서는 10시간 노동 법안이 통과되었다.[10]

구(舊) 사회의 계급들 간에 일어나는 충돌은 다양한 방식으

---

10 직물 공장의 노동시간의 규제를 골자로 하는 10시간 노동법안은 1847년 영국 의회에서 통과되었다.

로 프롤레타리아 계급의 발전과정을 촉진시킨다. 부르주아 계급은 자신이 지속적인 싸움 속에 있다고 여긴다. 부르주아 계급은 처음에는 귀족계급과, 그 후에는 자신의 이해관계가 산업의 진보와 모순에 빠진 부르주아 계급 자체의 일부와, 그리고 외국의 부르주아 계급과 끊임없이 지속적인 싸움 속에 있다고 여긴다. 이 모든 싸움에서 부르주아 계급은 프롤레타리아 계급에 호소하고 도움을 청할 수밖에 없으며, 그리하여 그들을 정치운동에 끌어낼 수밖에 없다고 여긴다. 그러므로 부르주아 계급 자신이 프롤레타리아 계급에게 그 자신의 교양 요소, 즉 그 자신과 맞서 싸울 무기를 공급하게 된다.

더욱이 이미 본 대로 지배계급의 전체 구성요소는 산업의 진보에 의해 프롤레타리아 계급으로 전락하거나, 적어도 자신의 생활조건을 위협받게 된다. 이들 역시 프롤레타리아 계급에 다량의 교양 요소를 공급한다.

마지막으로 계급투쟁이 결정적인 국면에 가까워지는 순간 지배계급 내부, 구 사회 전체의 내부에서 일어나는 붕괴과정은 매우 격렬하고 강렬한 성격을 띠게 되므로 지배계급의 작은 일부가 떨어져 나와 미래를 자기 수중에 장악하고 있는 계급, 즉 혁명적 계급에 합류하게 된다. 따라서 일찍이 귀족의 일부가 부르주아 계급 편으로 넘어갔던 것과 마찬가지로, 이제 부르주아 계급의 일부, 특히 역사적 운동 전체를 이론적으로 이해하는 수준으로 힘들여 올라간 부르주아 사상가들의 일부가 프롤레타리아 계급의 편으로 넘어간다.

오늘날 부르주아 계급과 대립하고 있는 모든 계급 중 오직 프롤레타리아 계급만이 진정으로 혁명적인 계급이다. 그 밖의 계급들은 거대 산업과 함께 영락하고 몰락하지만, 프롤레타리아 계급은 거대 산업의 본래적인 산물이다.

중간계급들, 즉 소산업가, 소상인, 수공업자, 농민 등 이들 모두는 중간계급으로서 자신의 생존을 몰락으로부터 지키기 위해 부르주아 계급과 맞서 싸운다. 그러므로 그들은 혁명적이지 않고 보수적이다. 게다가 그들은 역사의 수레바퀴를 되돌리려 하기 때문에 반동적이기도 하다. 그들이 혁명적이라면 프롤레타리아 계급으로의 이행이 임박했음을 고려할 때이다. 그때 그들은 자신의 현재가 아닌 미래 이익을 수호하며, 그들 자신의 입장을 버리고 프롤레타리아 계급의 입장을 취하게 된다. 룸펜프롤레타리아 계급, 구 사회의 최하층에 위치한 이 수동적인 썩어빠진 계급은 프롤레타리아 혁명에 의해 곳곳에서 운동 속에 휩쓸리기도 하지만, 그들의 전체적인 생활 상황 때문에 그들은 반동적 음모에 기꺼이 매수당할 준비가 되어 있다.

구 사회의 생활조건은 프롤레타리아 계급의 생활조건에서 이미 폐기되어 있다. 프롤레타리아는 재산이 없다. 처자식과의 관계도 시민적 가족관계와는 더 이상 아무런 공통점이 없으며, 영국이나 프랑스, 미국이나 독일에서 현대 산업노동, 자본에 대한 현대적 종속으로 인해 그는 일체의 민족적 성격을 잃어버렸다. 법, 도덕, 종교는 그에게 똑같이 많은 시민적 편견과 마찬가지이며, 그 뒤에는 똑같이 많은 시민적 이해관계가 숨어 있다.

이전의 모든 지배계급은 전체 사회를 자신의 생업 조건에 종속시킴으로써 이미 획득한 사회적 지위를 보장하려 했다. 프롤레타리아는 자신의 기존의 전유방식과 그로써 기존의 전체 전유방식을 폐지하지 않고서는 사회적 생산력을 얻을 수 없다. 그들은 가지고 있는 것 중 보장할 것이 아무것도 없으므로, 기존의 사적인 안전과 사(私) 보험을 파괴할 수밖에 없다.

기존의 모든 운동은 소수의 운동이거나 소수의 이익을 위한 운동이었다. 반면 프롤레타리아 운동은 엄청난 다수의 이익을 위한 엄청난 다수의 자주적 운동이다. 현 사회의 최하층인 프롤레타리아 계급은 공적 사회를 이루는 여러 층의 전체 상부구조가 폭파되지 않고서는 일어설 수도 들고 일어날 수도 없다.

프롤레타리아 계급의 부르주아 계급에 대항한 투쟁은 내용면에서는 그렇지 않더라도 형식면에서는 맨 처음에는 국가적인 투쟁이다. 각 나라의 프롤레타리아 계급은 당연히 무엇보다 자국 부르주아 계급과의 문제를 해결해야 한다.

프롤레타리아 계급의 가장 일반적인 발전국면을 서술함으로써, 우리는 기존 사회 내의 어느 정도 은폐된 내전을 추적하여, 그 내전이 공공연한 혁명으로 터져 나오고 폭력에 의해 부르주아 계급을 타도함으로써 프롤레타리아 계급의 지배를 근거 짓는 지점에까지 이르렀다.

이미 보았듯이 지금까지의 모든 사회는 억압계급과 피억압계급 간의 대립에 기인했다. 그러나 한 계급을 억압할 수 있으려면 그 계급이 적어도 자신의 노예적 생존을 이어갈 수 있게 하는 여러 조건이 확보되어야 한다. 봉건적 절대주의의 멍에 하의 소시민이 부르주아로 나아갔듯이 농노 신분의 농노는 코뮌의 구성원으로 나아갔다. 반면 현대 노동자는 산업의 진보와 함께 일어서기는커녕 자기 계급의 조건 아래로 점점 더 가라앉는다. 노동자는 빈민이 되며, 빈곤 상태는 인구나 부의 증가보다 더 빨리 진행된다.

이로써 부르주아 계급이 좀 더 오랫동안 사회의 지배계급으로 있거나 자기 계급의 생활조건을 규정적인 법률로 사회에 강제할 능력이 없다는 것이 명백히 드러난다. 부르주아 계급은 노예제 내부에서 노예의 생존을 보장해줄 능력이 없기 때문에, 즉 노예에 의해 부양받는 대신 자기가 노예를 부양해야 하는 상황으로 노예를 빠뜨릴 수밖에 없기 때문에 지배 능력이 없게 된다. 사회는 이제 이 부르주아 계급 밑에서 살아갈 수 없다. 다시 말해 부르주아 계급의 생활은 더 이상 사회와 화합할 수 없다.

부르주아 계급의 생존과 지배를 위한 본질적 조건은 사인(私人)의 수중에 부를 축적하는 것, 즉 자본의 형성과 증식이다. 자본의 조건은 임금노동이다. 임금노동은 오로지 노동자들 간의 경쟁에 기인할 뿐이다. 산업의 진보에 대한 의지도 저항도 없는 담당자는 부르주아 계급이다. 이 산업의 진보는 경쟁에 의한 노동자들의 고립 대신 결사에 의한 혁명적 합일을 가져다준다. 그러므로 현대 산업의 발전으로 부르주아 계급이 생산하고 전유하게 해주는 토대 자체가 발밑에서 허물어진다. 부르주아 계급은 무엇보다 그 자신의 무덤을 파는 자를 생산하는 셈이다. 부르주아 계급의 몰락과 프롤레타리아 계급의 승리는 똑같이 불가피하다.

II
프롤레타리아와 공산주의자들

공산주의자들은 프롤레타리아 일반과 어떤 관계에 있는가? 공산주의자는 다른 노동자 당들과 대립하는 개별 당을 결성하지 않는다. 그들은 전체 프롤레타리아 계급의 이해관계와 분리된 어떠한 이해관계도 갖지 않는다.

그들은 개별 원칙을 세워 이 원칙에 맞추어 프롤레타리아 운동을 뜯어 고치려 하지 않는다.

공산주의자들은 다음과 같은 점에서만 그 밖의 프롤레타리아 당들과 구별된다. 한편으로 프롤레타리아의 상이한 국가적 투쟁에서 국적과 무관한 전체 프롤레타리아 계급의 공동 이해를 부각시키고 관철시킨다. 다른 한편으로 프롤레타리아 계급과 부르주아 계급 간의 투쟁이 거치는 상이한 발전단계에서 끊임없이 전체 운동의 이해관계를 대변한다.

그러므로 공산주의자들은 한편으로 실천적인 면에서는 모

든 나라의 노동자 당들 중 가장 단호하고 늘 앞서가는 부분이다. 공산주의자들은 이론적인 면에서 그 밖의 프롤레타리아 계급 대중에 비해 프롤레타리아 운동의 조건, 진행, 일반적 결과들을 통찰하는 능력이 뛰어나다.

공산주의자들의 다음 목적은 그 밖의 모든 프롤레타리아 당과 마찬가지로, 프롤레타리아 계급을 하나의 계급으로 형성하고, 부르주아 지배를 무너뜨리며, 프롤레타리아 계급이 정치권력을 장악하는 데 있다. 공산주의자들의 이론적 명제들은 결코 이런저런 세계 개혁가연 하는 자가 발명 또는 발견한 이념이나 여러 원칙에 기인하지 않는다.

그 명제들은 존재하는 계급투쟁의 사실적인 관계, 즉 우리 눈앞에서 벌어지는 역사적 운동의 일반적 표현일 뿐이다. 지금까지의 소유관계의 철폐는 공산주의를 지칭하는 특유한 표현이 아니다.

모든 소유관계는 계속적인 역사적 변전, 계속적인 역사적 변화에 종속되어 있었다.

예컨대 프랑스 혁명은 시민적 재산을 위해 봉건적 재산을 철폐했다.

공산주의의 두드러진 특징은 재산 일반의 철폐가 아니라 시민적 재산의 철폐이다.

그런데 근대의 시민적 사유재산은 계급적대에, 다른 쪽에 의한 한쪽의 착취에 기인한 생산물의 생산과 전유의 최종적이고도 가장 완전한 표현이다.

이런 의미에서 공산주의자들의 이론은 사유재산의 폐지라는 하나의 표현으로 요약할 수 있다.

우리 공산주의자들은 한 사람이 개인적으로 얻은, 즉 스스로 일해서 획득한 재산, 이른바 모든 개인적 자유, 활동, 자립성의 토대를 이루는 재산을 철폐하려 한다고 비난받아 왔다.

일해서 얻고 획득한, 스스로 벌어들인 재산이라니! 그것은 시민적 재산에 선행하는 소시민과 소농민의 재산을 말하는가? 그것은 철폐할 필요가 없다. 산업의 발전이 이미 철폐해왔고 지금도 날마다 철폐하고 있기 때문이다.

아니면 여러분은 현대의 시민적 사유재산을 말하는 것인가?

하지만 임금노동, 프롤레타리아의 노동이 그에게 재산을 창출해주는가? 전혀 그렇진 않다. 그것은 자본, 즉 임금노동을 착취하는 재산을 창출해준다. 그런데 그 재산은 새로운 임금노동을 창출하여 그것을 새로이 착취하는 조건 하에서만 증식될 수 있는 재산이다. 현재와 같은 형태의 재산은 자본과 임금노동의 대립 속에서 움직인다. 그러면 이러한 대립의 두 가지 측면을 고찰해 보자.

자본가가 된다는 것은 생산에서 순전히 개인적인 지위뿐 아니라 사회적인 지위도 갖는다는 뜻이다. 자본은 공동체적 산물이며, 다수의 구성원의 공동 활동에 의해서만, 그러니까 궁극적으로는 사회의 전체 구성원의 공동 활동에 의해서만 움직일 수 있다. 따라서 자본은 개인적인 힘이 아닌 사회적인 힘이다.

그러므로 자본이 공유재산, 사회의 전체 구성원의 소유물로 바뀐다고 해서 개인적 소유물이 사회적 소유물로 바뀌지는 않는다. 바뀌는 것은 단지 소유물의 사회적 성격뿐이다. 그 소유물은 자신의 계급적 성격을 잃어버린다.

이제 임금노동으로 넘어가보자.

임금노동의 평균가격은 최저임금, 즉 노동자를 노동자로서 생존하게 하는 데 꼭 필요한 생존수단의 총액이다. 그러므로 임금노동자가 자신의 활동으로 전유하는 것은 단순히 자신의 목숨만 부지하는 생활을 재생산하는 데만 족할 뿐이다. 우리는 직접적인 생활을 재생산하기 위한 노동생산물의 이 개인적 전유를 철폐하려는 것은 결코 아니다. 이 개인적 전유는 다른 사람의 노동을 마음대로 좌지우지하게 하는 잉여를 남기지 않는다. 우리는 단지 이러한 전유의 비참한 성격을 제거하고자 할 뿐이다. 노동자는 그러한 전유 상황에서 자본을 증가시키기 위해 살아갈 뿐이며, 지배계급의 이해관계가 요구하는 정도에서만 살아갈 뿐이다. 시민 사회에서 살아 있는 노동은 축적된 노동을 증가시키는 수단일 뿐이다. 반면 공산주의 사회에서 축적된 노동은 노동자의 생활과정을 확대하고 풍요롭게 하며 촉진시키기 위한 수단일 뿐이다.

그러므로 시민 사회에서는 과거가 현재를 지배하지만, 공산주의 사회에서는 현재가 과거를 지배한다. 시민 사회에서 자본은 독립적이고 개성적인 반면, 활동하는 개인은 의존적이고 비개성적이다.

그런데 부르주아 계급이 이러한 관계의 폐지를 개성과 자유의 폐지라고 말하다니! 그것은 당연한 말이다. 물론 부르주아적 개성, 부르주아적 독립성, 부르주아적 자유의 폐지가 문제의 관건이기 때문이다.

현재의 부르주아적 생산조건 내에서 자유라고 하는 것은 자유 거래, 자유 매매를 뜻한다.

그러나 폭리가 사라진다면 자유로운 폭리 역시 사라진다. 자유로운 폭리에 관한 허튼 소리는 그 밖의 자유에 관한 우리 부르주아 계급의 온갖 '호언장담'처럼, 고정 폭리, 중세의 노예화된 시민에 대해 약간의 의미만 지닐 뿐, 폭리와 시민적 생산 관계의 폐지, 그리고 부르주아 계급 자체에 대한 공산주의적 폐지와 대해서는 아무런 의미도 갖지 못한다.

여러분은 우리가 사유재산을 폐지하려는 것에 대해 경악한다. 그러나 여러분이 살고 있는 기존 사회에서 9/10의 구성원에게 사유재산은 이미 폐지되었다. 소수에게 사유재산이 존재하는 이유는 9/10의 수중에 그것이 없기 때문이다. 그러므로 여러분은 우리가 재산을 폐지하려 한다고 우리를 비난하지 않을 것이다. 그 재산은 사회의 절대 대다수에게 재산이 없는 것을 필연적 조건으로 전제하고 있기 때문이다.

한 마디로 여러분은 우리가 여러분의 재산을 폐지하려한다고 비난한다. 물론 그렇다. 우리는 그것을 하려 한다.

노동이 더 이상 자본이나 화폐, 지대(地代)로, 요컨대 독점 가능한 사회적 힘으로 바뀔 수 없게 되는 순간부터, 다시 말해 개인 재산이 더 이상 시민 재산으로 전환될 수 없는 순간부터 개인은 없어진다고 여러분은 설명한다.

그렇다면 여러분은 개인을 부르주아, 시민적 소유권자로 이해하고 있음을 고백하는 셈이 된다. 말할 것도 없이 그런 개인은 없어져야 한다.

공산주의는 사회적 생산물을 전유할 힘을 누구에게서도 박탈하지 않는다. 다만 그러한 전유에 의해 다른 사람의 노동을 종속시키는 힘을 박탈할 뿐이다.

사유재산이 폐지되면 모든 활동이 중단되고 일반적인 나태가 만연할 것이라는 반대가 있어왔다.

그에 따른다면 시민 사회는 진작 나태로 파멸해 버려야 했으리라. 왜냐하면 그 사회 안의 일하는 구성원은 돈을 벌지 못하고, 돈을 버는 사람은 일하지 않기 때문이다. 그러한 의혹 전체는 자본이 더 이상 없어지자마자 임금 노동도 더 이상 존재하지 않는다는 동어반복에 귀결된다.

물질적 생산물의 공산주의적 생산방식과 전유방식에 대한 모든 반대는 마찬가지로 정신적 생산물의 전유와 생산으로 확장되었다. 부르주아에게 계급적 소유의 중단이 곧 생산 자체의 중단이듯이, 계급 형성의 중단은 그에게 형성 일반의 중단과 동일하다. 부르주아가 잃고 애통해하는 그 형성이란 절대 대다수의 사람들에게는 기계로 양성되어가는 것에 불과하다.

그렇지만 여러분은 자유, 형성, 법 등에 관한 여러분의 시민적 생각으로 시민적 재산의 철폐를 재단함으로써 우리와 말다툼하지 말기 바란다. 여러분의 권리란 것이 법으로 고양된 여러분의 계급의지, 즉 여러분 계급의 물질적 생활조건 속에 그 내용이 주어진 의지에 지나지 않듯이, 여러분의 이념 자체는 시민적 생산관계와 소유관계의 산물에 불과하다.

여러분은 생산 과정의 일시적인 역사적 관계로부터 나오는 여러분의 생산관계와 소유관계를 자연과 이성의 영원한 법칙으로 변화시키는 편파적인 생각을 가지고 있지만, 그런 생각은 몰락한 모든 지배계급도 공유하고 있었다. 여러분이 고대적 재산에서 파악한 것, 봉건적 재산에서 파악한 것을 여러분은 더 이상 시민적 재산으로 파악해선 안 된다.

가족의 폐지라니! 공산주의자의 이 파렴치한 의도에 대해서는 가장 급진적인 자들조차 흥분하고 있다.

현재의 가족, 시민적 가족은 무엇에 기인하고 있는가? 자본과 사적인 소득에 기인하고 있다. 이 가족이 완벽하게 발전한 형태는 부르주아 계급에게만 존재할 뿐이다. 하지만 이를 보충해 주는 것은 프롤레타리아의 강요된 가족의 부재와 매춘이다.

부르주아의 가족은 이 보충물이 없어지면 당연히 없어질 것이고, 이 둘은 자본의 소멸과 함께 사라질 것이다.

여러분은 우리가 부모에 의한 자식의 착취를 없애려 한다고 우리를 비난하는가? 우리는 이 범죄에 대해 시인한다.

그러나 여러분은 우리가 가정교육을 사회교육으로 대치함으로써 가장 허물없는 관계를 없애버린다고 말하고 있다.

그런데 여러분의 교육 역시 사회에 의해 규정되는 것이 아닌가? 여러분의 교육환경을 구성하는 사회적 관계를 통해, 또 학교 등을 매개로 좀 더 직접적으로 또는 간접적으로 개입함으로써 여러분의 교육도 규정되는 것이 아닌가? 공산주의자들은 교육에 대한 사회의 영향을 생각해내려는 것은 아니다. 그들은 단지 교육의 성격을 바꾸고, 지배계급의 영향으로부터 교육을 구해내려 할뿐이다.

가족과 교육에 관한, 부모와 자식의 허물없는 관계에 관한 시민적인 허튼 소리는 대규모 산업의 결과 프롤레타리아들의 모든 가족적 유대가 끊어질수록, 또 그들 자식이 단순한 상품이나 노동도구로 바뀌어갈수록 더욱 혐오스러워진다.

그렇지만 너희 공산주의자들은 여성공유제를 도입하려는 게 아니냐며 전체 부르주아 계급 전체가 한 목소리로 우리에게 외친다.

부르주아는 자기 아내를 단순한 생산도구로 본다. 부르주아는 생산도구란 공동으로 이용해야 한다는 말을 듣고 있으므로 여성들도 똑같이 공동으로 이용되는 신세에 처할 것이라고 생각하는 것이 당연하다.

부르주아는 단순한 생산도구로서의 여성의 지위를 없애는 것이 바로 문제의 관건임을 알지 못한다.

게다가 공산주의자의 소위 공식적인 여성공유제에 대해 부르주아의 도덕적인 경악보다 더 가소로운 것은 없다. 공산주의자는 여성공유제를 도입할 필요가 없다. 그것은 거의 항상 존재해 왔으므로.

우리의 부르주아는 공창은 말할 것도 없이 프롤레타리아의 아내와 딸들을 마음대로 하는 데 만족하지 않고 부르주아의 아내를 서로 유혹하는 데 커다란 즐거움을 느낀다.

시민적 결혼은 사실상 부인의 공유다. 그러므로 기껏해야 공산주의자들이 은폐된 여성공유제 대신 공식적이고 숨김없는 여성공유제를 도입하려 한다고 그들을 비난할 수는 있으리라. 아무튼 현 생산관계의 폐지로 이 관계에서 생겨난 여성공유제, 즉 공창과 사창이 사라지리라는 것은 자명하다.[1]

더구나 공산주의자들은 조국과 국적을 철폐하려 한다고 비난받아왔다. 노동자에게는 조국이 없다.[2] 갖고 있지 않은 것을 빼앗길 수 없는 일이다. 프롤레타리아 계급은 맨 먼저 정치적 지배권을 획득해야 하고, 민족적 계급으로 떠올라야 하며, 그 자신이 민족을 구성해야 함으로써 비록 부르주아 계급의 의미

---

1 결혼을 합법적인 매매춘으로 보는 생각은 푸리에에게서 처음 발견된다. 특히 생시몽주의자들은 결혼이 합법적인 매매춘이라는 비판을 강하게 한다.

2 이런 생각을 맨 처음 한 사람은 시스몽디이다.

에서는 아니더라도 그 자체가 민족이다.

여러 민족 간의 민족적 고립과 대립은 부르주아 계급의 발전, 자유무역, 세계시장, 그리고 산업생산의 획일성과 그에 따른 생활환경의 획일성으로 인해 날이 갈수록 사라져가고 있다.

프롤레타리아 계급의 지배는 그것들을 좀 더 빨리 사라지게 할 것이다. 적어도 문명국의 통일된 행동은 프롤레타리아 계급의 해방을 위한 제1조건 중 하나다.

다른 개인에 의한 한 개인의 착취가 종식되는 것에 따라 다른 민족에 의한 한 민족의 착취도 종식될 것이다. 민족 내부에서 계급대립이 사라질수록 여러 민족 상호 간의 적대적 지위 또한 사라질 것이다.

종교나 철학 또는 이데올로기 일반의 관점에서 제기되는 공산주의에 대한 비난은 더 상세하게 논할 가치도 없다.

인간의 생활 상황, 사회관계, 사회적 현존이 변함에 따라 인간의 관념, 견해, 개념, 한 마디로 인간의 의식 또한 변한다는 것을 이해하는 데 깊은 통찰이 필요한가?

이념의 역사는 바로 물질적 생산이 변화함과 더불어 정신적 생산이 그 성격을 변모시킨다는 것을 증명하고 있지 않은가? 한 시대의 지배적 이념은 언제나 지배계급의 이념일 뿐이었다.

사람들은 전체 사회를 변혁시키는 이념에 관해 말한다. 그것은 구 사회 내에서 새로운 사회의 요소들이 형성된다는 사실과, 낡은 이념의 해체는 낡은 생활조건의 해체와 보조를 같이 한다는 사실을 표현하는 것일 뿐이다.

고대 세계가 바야흐로 몰락하려 할 때 고대 종교는 기독교에 의해 정복되었다. 또 기독교 이념이 18세기에 들어와 계몽주의 이념에 굴복했을 때 봉건사회는 당시 혁명적 부르주아 계급과 목숨을 건 사투를 벌였다. 양심의 자유와 종교의 자유라는 이념은 지식의 영역에서 자유경쟁이 지배한다는 것을 표현할 뿐이었다.

흔히 이렇게들 말할 것이다. "종교적, 도덕적, 철학적, 법적 사상은 말할 것도 없이 역사적 발전과정에서 변경되어 왔다. 그러나 종교, 도덕, 철학, 정치학, 법은 이러한 변전 속에서 끊임없이 살아남았다. 그 외에도 자유, 정의 등 모든 사회 상황에 공통되는 영원한 여러 진리가 있다. 그러나 공산주의는 영원한 진리를 철폐한다. 공산주의는 종교나 도덕을 새로이 형성하는 대신 철폐한다. 그러므로 공산주의는 지금까지의 모든 역사 발전에 반대한다."

이러한 비난은 결국 무엇으로 귀착되는가? 지금까지의 전체 사회의 역사는 극히 상이한 시대마다 다른 형태를 취했던 계급 대립 속에서 움직였다. 그러나 어떤 형태를 취했든 과거 모든 세기에 공통되는 한 가지 사실이 있다. 그것은 곧 사회의 어느 한 부분이 다른 부분을 착취한다는 사실이다.[3] 따라서 아무리

3 '인간의 인간에 의한 착취'라는 표현은 생시몽주의자들이 만들었다.

다양하고 상이하다 해도 모든 시대의 사회적 의식이 일정한 공통된 형태 속에서, 계급대립이 완전히 사라져야만 완벽하게 해소되는 의식형태 속에서 움직이는 것은 전혀 놀랄 일이 아니다.

공산주의 혁명은 전래된 소유관계와의 가장 근본적인 결별이다. 그러므로 혁명의 발전과정에서 전래된 이념과 가장 근본적으로 결별한다는 것은 조금도 놀랄 일이 아니다.

그렇지만 공산주의에 대한 부르주아 계급의 반론에 대해서는 이쯤 해두자. 우리는 앞에서 노동자 혁명의 첫걸음은 프롤레타리아 계급을 지배계급으로 끌어올리는 것, 민주주의를 쟁취하는 것임을 보았다.

프롤레타리아 계급은 자신의 정치적 지배를 이용하여 부르주아 계급에게서 점차 일체의 자본을 빼앗고, 모든 생산도구를 국가의 수중에, 즉 지배계급으로 조직화된 프롤레타리아 계급의 수중에 집중시키며 총 생산력을 가능한 한 급속히 증대시킬 것이다.

물론 처음에는 소유권과 시민적 생산관계에 대한 전제적(專制的) 개입에 의하지 않으면 그렇게 할 수 없다. 다시 말해 경제적으로는 불충분하고 무리한 듯이 보이지만, 운동 과정에서 그 자신을 뛰어넘어 전체 생산방식을 변혁시키는 수단으로서 불가피한 여러 조치에 의해 가능하다. 이러한 조치들은 물론 각 나라에 따라 다를 것이다.

그렇지만 가장 선진적인 나라들에서는 다음과 같은 것들을 상당히 일반적으로 적용할 수 있을 것이다.

1. 토지소유를 폐지하고 공공 지출을 위해 지대를 활용한다.

2. 소득에 대해 높은 누진세를 적용한다.

3. 상속권을 폐지한다.[4]

4. 모든 망명자와 반역자의 재산을 몰수한다.

5. 국가자본과 배타적 독점권을 가진 국립은행을 통해 국가의 수중으로 신용을 집중한다.

6. 운송수단을 국가의 수중으로 집중한다.

7. 국가소유의 공장과 생산도구를 증대한다. 황무지를 개간하고 공동 계획에 따라 모든 경작지를 개량한다.

8. 모두 똑같이 노동의 의무를 진다. 특히 농업을 위한 산업역군을 편성한다.

9. 농업과 제조업을 결합한다. 도시와 농촌간의 차별을 점차 제거한다.

10. 공립학교에서 모든 어린이를 위한 무상교육을 실시한다. 현존하는 어린이의 공장노동을 제거한다. 교육과 물질적 생산을 결합한다, 등등.[5]

발전과정에서 계급적 차이가 사라지고 모든 생산이 연합한 개인들의 손에 집중되면, 공권력은 정치적 성격을 잃게 된다.

---

4 '상속권의 폐지'는 생시몽주의자들의 핵심 주장이었다.

5 이것은 로버트 오언에게서 취한 생각이다.

본래의 의미에서 정치권력이란 한 계급이 다른 계급을 억압하기 위해 조직화된 힘이다. 프롤레타리아 계급이 부르주아 계급과의 싸움에서 필연적으로 계급으로 결합되면, 또 혁명을 통해 지배계급이 되고 지배계급으로서 낡은 생산관계들을 강제로 폐지하게 되면, 프롤레타리아 계급은 이들 생산관계들과 함께 계급대립의 존립조건과 계급 일반을 폐지하게 되고, 그렇게 함으로써 계급으로서 그 자신의 지배권도 폐지하게 된다.

계급과 계급대립이 있던 낡은 시민사회 대신 우리는 각인의 자유로운 발전이 모두의 자유로운 발전을 위한 조건이 되는 하나의 결사체를 가지게 된다.

III
사회주의와 공산주의의 문헌

1. 반동적 사회주의

a. 봉건적 사회주의

프랑스와 영국의 귀족들은 그들의 역사적 지위에 따라 현대 시민사회에 반대하는 소책자를 쓰는 것을 소명으로 삼았다. 1830년 프랑스 6월 혁명과 영국의 개혁운동에서 이들 귀족들은 다시 한 번 가증스런 벼락부자에게 굴복했다. 진지한 정치투쟁은 더 이상 불가능하게 되었다. 이들에게 남은 것은 문헌투쟁밖에 없었다. 그러나 문헌의 영역에서도 복고시기[1]의 낡은 외침은 불가능해져 버렸다.

귀족은 공감을 일으키기 위해서 짐짓 자신의 이익을 돌보지

1 1660년에서 89년까지의 영국 왕정복고가 아니라 1814년부터 30년까지의 프랑스 왕정복고를 말한다.[1888년의 영어판에 붙인 엥겔스의 주]

않고, 피착취 노동자계급의 이익만을 위해 부르주아 계급을 고발해야 했다. 이와 같이 귀족은 그들의 새로운 주인을 풍자하는 노래를 부르고 주인의 귀에 재앙의 싹을 지닌 예언을 속삭임으로써 명예 회복을 꾀했다.

이런 식으로 봉건적 사회주의가 생겨났다. 그 봉건적 사회주의는 반쯤은 비가(悲歌)로 반쯤은 비방으로, 또 반쯤은 과거의 메아리로 반쯤은 미래의 위협으로, 때로는 신랄하고 재치 있게 물어뜯는 비판을 통해 부르주아 계급에 충격을 가하기도 했지만, 현대 역사의 진행을 파악할 능력이 전혀 없었으므로 항상 우스꽝스러운 모습을 띨 수밖에 없었다.

귀족들은 대중을 자기 뒤에 결집시키기 위해 손에 깃발을 들고 프롤레타리아의 동냥자루를 흔들어댔다. 그러나 대중은 그들을 뒤따를 때마다 그들의 엉덩이에 낡은 봉건적 방패 문장(紋章)이 찍힌[2] 것을 보고는 불경스럽게 큰 웃음을 터뜨리며 흩어졌다.

프랑스 정통 왕당파[3]들의 일부와 '청년 영국파'[4]가 이런 볼거리를 제공했다.

봉건주의자는 그들의 착취방식이 부르주아 계급의 착취와

---

2 이 표현은 하이네의 『독일. 어느 겨울 동화』에 나오는 다음 구절을 상기시킨다.

"투구는 중세를 그처럼 멋지게 상기시킨다.
가슴 속엔 충성심을 품고
엉덩이의 진중 근무복엔 방패 문장(紋章)이 찍힌
기사의 시종과 종자들을."

다르다는 점을 지적하면서도, 그들 역시 전혀 다른, 이젠 시대에 뒤진 상황과 조건 하에서 착취했다는 사실은 잊고 있다. 또한 그들은 자신들의 지배 하에서는 현대 프롤레타리아 계급이 존재하지 않았다는 점을 보여주면서도, 바로 그 근대 부르주아 계급이 그들 사회질서에서 나온 필연적 후예라는 사실은 잊고 있다.

그건 그렇다 치고 그들은 자신들의 비판이 지닌 반동적 성격을 그다지 숨기지 않으므로, 부르주아 계급에 대해 행하는 그들의 주된 비난의 본질은 부르주아 계급 체제 하에서 낡은 전체 사회질서를 폭파해버릴 한 계급이 발전하고 있다는 데 있다.

그들이 부르주아 계급을 비판하는 이유는 부르주아 계급이 프롤레타리아 계급을 만들었다는 사실보다는 혁명적 프롤레타리아 계급을 만들었다는 사실에 있다.

그러므로 정치적 실천에서 그들은 노동자계급에 반대하는 모든 강압조치에 동참하며, 일상생활에서는 온갖 호언장담에도 불구하고 산업의 나무에서 떨어진 황금사과를 줍기 위해, 그리고 폭리와 함께 진실, 사랑, 명예를 양모, 사탕무, 주정(酒

---

3 프랑스 정통 왕당파들은 1830년 타도된 부르봉 왕가의 추종자들로 대토지를 소유하는 세습 귀족의 이해를 대변했으며 루이 필리프를 찬탈자로 간주했다. 이들은 금융귀족과 대부르주아 계급의 지지를 받던 오를레앙 공의 7월 왕정에 맞서 싸우면서, 일부는 부르주아 계급의 착취로부터 근로 대중의 이익을 위하는 척했다.

4 디즈레일리, 칼라일과 같은 토리당 소속의 영국 정치가와 문필가로 구성된 집단으로 1840년대 초에 형성되었다. 토지 소유 귀족의 입장을 대변하던 청년 영국파는 노동자들을 이용해 부르주아 계급과 싸우려고 했다.

精)과 맞바꾸기[5] 위해 마지못해 따른다. 사제가 항상 봉건 영주와 손잡고 나아갔듯이 사제적 사회주의는 봉건주의적 사회주의와 손잡고 나아갔다.

기독교적 금욕주의에 사회주의 색채를 가미하는 것만큼 쉬운 일도 없다. 기독교는 원래 사유재산, 결혼, 국가에 대해서도 극구 비난하지 않았던가? 그리고 그 대신 자선과 동냥, 독신과 신체적 금욕, 수도원 생활과 교회를 설교하지 않았던가? 기독교적 사회주의는 사제가 귀족의 분노에 대해 베푸는 성수(聖水)에 지나지 않는다.

b. 소시민 사회주의

봉건귀족은 부르주아 계급이 붕괴시킨, 또 근대 시민사회에서 그 생활조건이 취약해지고 사멸한 유일한 계급이 아니다. 중세의 성박 거주 시민이나 소농 계층은 근대 부르주아 계급의 선구자였다. 공업이나 상업이 덜 발달한 나라들에서 이 계급은 떠오르는 부르주아 계급과 더불어 아직 근근이 연명하고 있다.

현대 문명이 발달한 나라들에서는 프롤레타리아 계급과 부르주아 계급 사이를 떠돌며 시민사회를 보완하는 부분으로

---

5 이것은 주로 독일과 관계된다. 독일에서는 토지 귀족과 융커가 자신의 책임으로 관리인에게 토지의 대부분을 경작하게 하고 있으며, 게다가 사탕무와 감자 주정의 대규모 생산자들이기도 하다. 좀 더 부유한 영국 귀족은 아직 그 정도로 쇠락하지는 않았다. 하지만 그들 또한 다소 미심쩍은 주식회사 발기인에게 명의를 대여해서 지대의 감소를 메우는 방법을 알고 있었다.[1888년의 영어판에 붙인 엥겔스의 주]

서 끊임없이 스스로를 쇄신하는 새로운 소시민 계층이 형성되어 왔다. 그러나 이 계급의 구성원들은 자유경쟁으로 인해 계속 프롤레타리아 계급으로 전락한다. 거대 산업이 발전함에 따라 그들은 근대 사회의 자립적 부분으로서는 완전히 사라지고 상업, 매뉴팩처, 농업에서 노동 감독관들이나 고용인들에 의해 대체되는 시점에 가까워지는 것을 보게 된다.

농민 계급이 인구의 절반을 훨씬 넘는 프랑스 같은 나라들에서는 부르주아 계급에 대항하여 프롤레타리아 계급 편에 섰던 문필가들은 당연히 부르주아 체제를 비판하는 데서 소시민과 소농의 잣대를 사용했으며, 소시민 계층의 입장에서 노동자 편을 들었다. 이리하여 소시민 사회주의가 생겨났다. 프랑스뿐 아니라 영국에서도 이 문헌의 지도자는 시스몽디[6]였다.

이 사회주의는 현대 생산관계의 모순을 극히 예리하게 분석했으며, 경제학자들의 위선적인 미화를 폭로했다. 이 사회주의는 기계장치와 분업의 파괴적인 작용, 자본과 토지의 집중, 과잉생산과 위기를 반박할 수 없이 입증했다. 또한 그들은 소시민과 농민의 필연적인 몰락, 프롤레타리아 계급의 참상, 생산의 무정부성, 부의 엄청나게 불평등한 분배, 국가들 간의 파멸

---

6 시스몽디(Jean-Charles-Léonard Simonde de Sismondi, 1773~1842). 스위스의 경제학자·역사가. 경제위기의 성격과 무제한적 경쟁이 초래할 위험, 과잉생산, 과소소비 등에 관한 선구적인 연구를 하여 훗날 카를 마르크스나 케인스와 같은 경제학자들로부터 주목을 받았다. 그는 부르주아 계급과 노동계급 사이의 점증하는 대립을 예견하고 노동계급의 생활조건을 개선하기 위한 사회개혁을 요구했지만, 사유재산에 대한 비판으로까지 나아가지는 않았다.

적 산업전쟁, 낡은 풍속이나 낡은 가족관계 또는 낡은 국적의 해체를 입증했다.

그러나 그 긍정적인 내용에서 보더라도 이 사회주의는 낡은 생산수단과 교환수단, 또 이와 더불어 낡은 소유관계와 구 사회를 회복하고자 한다. 또는 근대적 생산수단과 교환수단을 그것에 의해 파괴되어 왔고 또 파괴될 수밖에 없는 낡은 소유관계의 틀 속에 다시 억지로 가두고자 한다. 두 가지 경우에서 그 사회주의 형태는 반동적인 동시에 유토피아적이다. 그 최후의 주장은 매뉴팩처에서의 조합 제도, 시골에서의 가부장적 경제다.

그 계속적인 발전에서 이 방향은 환락 뒤의 비겁한 뉘우침으로 끝나고 말았다.

c. 독일 사회주의 또는 '참된' 사회주의

프랑스의 사회주의, 공산주의 문헌은 지배하고 있는 부르주아 계급의 억압 하에서 생겨났으며 이 지배에 대항하는 투쟁의 표현이다. 이 문헌은 부르주아 계급이 봉건 절대주의에 대항한 투쟁을 막 시작했을 무렵 독일로 도입되었다.

독일 철학자, 얼치기 철학자, 그리고 딜레탕트들은 이 문헌들을 열심히 읽어댔지만, 그 저작들이 프랑스에서 옮겨올 때 프랑스의 생활환경은 독일로 같이 옮겨오지 않았다는 사실은 잊고 말았다. 독일의 생활환경과 접촉하는 과정에서 프랑스 문헌은 직접적으로 실천적인 의미를 모두 잃었으며 순전히 문헌적인 외양만을 띠게 되었다. 그 문헌은 인간 본질의 실현에 대한 한가한 사변으로 여겨질 수밖에 없었다. 그리하여 18세기 독일 철학자에게 최초의 프랑스 대혁명에서 나온 요구들은 '실천 이성'[7] 일반의 요구라는 의의만을 가졌을 뿐이다. 프랑스 부르주아 계급의 의지의 발현 또한 그들의 눈에는 순수 의지, 그렇게 될 수밖에 없는 의지, 진정한 인간적인 의지의 법칙을 의미했다. 독일 문사의 저작은 오로지 그들의 낡은 철학적 양심으로 새로운 프랑스 이념을 조화시키는 것, 아니 오히려 그들의 철학적 입장을 견지하며 프랑스 이념을 전유하는 것에 그 본질이 있었다. 이러한 전유는 일반적으로 번역에 의해 외국어가 전유되는 것과 같은 식으로 일어났다.

수도사들이 고대 이교도 시기의 고전 저작들이 기록된 원고에 따분한 가톨릭 성도전(聖徒傳)을 어떻게 썼는지는 잘 알려진 사실이다. 그러나 독일 문사들은 세속의 프랑스 문헌으로 이러한 과정을 거꾸로 밟았다. 그들은 프랑스 원본 뒤에 자신들의 철학적 상투어를 써넣었던 것이다. 예컨대 그들은 화폐의 경제적 기능에 대한 프랑스 비판서 뒤에 '인간 본질의 포기'를 써넣었고, 부르주아 국가에 대한 프랑스 비판서 뒤에는 '추상적 보편자의 지배의 폐지' 등을 써넣는 식이었다.

프랑스의 발전된 비판서에 이러한 철학적 문구들을 삽입하

---

7 칸트의 '실천 이성 비판'을 말함.

는 것에 대해 그들은 '행동의 철학', '참된 사회주의', '독일의 사회주의 과학' 등의 세례명을 수여했다.

이리하여 프랑스의 사회주의, 공산주의 문헌은 그야말로 알맹이가 빠져버렸다. 또한 독일인의 손에서 이미 그 문헌은 한 계급의 다른 계급에 대한 투쟁을 표현하는 것을 중단했으므로, 독일인은 의식적으로 '프랑스의 일면성'을 극복했다고 생각했으며, 진정한 요구 대신 진리의 요구를, 프롤레타리아 계급의 이해관계 대신 인간 본질, 즉 인간 일반의 이해관계를 대변한다고 생각했다. 다시 말해 아무 계급에도 속하지 않고 실체도 없으며 단지 철학적 환상의 모호한 영역에 속하는 인간의 이해관계를 대변한다고 생각했다.

이 독일 사회주의는 서투른 학교 연습문제를 너무 근엄하고 엄숙하게 받아들이고 지나치게 광고하며 떠들썩하게 알리는 사이에 점차 그 현학적인 순진함을 잃어갔다. 봉건 영주와 절대 왕권에 대항하는 독일의 투쟁, 특히 프로이센 부르주아 계급의 투쟁, 한 마디로 말해 자유주의 운동은 더욱 격화되었다.

그로써 '참된' 사회주의가 오랫동안 갈망해 오던 기회가 왔다. 즉 정치적 운동을 사회주의적 요구와 대결시키며, 자유주의와 대의제 국가에 대해, 시민적 경쟁, 시민적 언론의 자유, 시민의 권리, 시민의 자유와 평등에 대해 전래된 파문(破門)을 명하고, 대중에게 이 시민적 운동으로 얻을 것은 아무 것도 없고 오히려 모든 것을 잃어버릴 것이라는 사실을 설교할 기회가 왔다. 독일 사회주의는 프랑스 비판의 단조로운 메아리에 불과하면서도 프랑스 비판이 상응하는 물질적 생활조건과 이에 적합한 정치구조를 가진 현대 시민사회를 전제로 하고 있다는 점은 때맞춰 잊어버렸다. 독일에서는 먼저 그러한 전제를 쟁취해내는 것이 중요하다.

독일 사회주의는 성직자, 교원, 시골 귀족과 관료들을 거느린 독일의 절대주의 정부에는 위협적으로 부상하는 부르주아 계급에 맞설 수 있는 바람직한 허수아비 역할을 했다.

그것은 이 같은 정부가 바로 독일 노동자 봉기에 휘두른 매서운 채찍과 총탄에 대한 달콤한 보완물이였다.

이와 같이 '참된' 사회주의는 정부의 손에서 독일 부르주아 계급과 맞서 싸우는 무기가 되었던 동시에 반동적인 이해관계, 독일의 성밖 거주 시민의 이해관계를 직접적으로 대변하기도 했다. 독일에서 16세기부터 전래되어 그때부터 상이한 형태로 늘 새로 다시 나타나곤 했던 소시민계급은 기존 상황의 본래적인 토대를 이룬다.

독일에서 이 계급의 보존은 기존 상황의 보존을 뜻한다. 부르주아 계급의 산업적, 정치적 지배는 한편으로는 자본의 집중으로 인해, 다른 한편으로는 혁명적 프롤레타리아 계급의 성장으로 인해 소시민에게 확실한 몰락의 두려움을 안겨준다. 소시민에게 '참된' 사회주의는 하나의 돌로 두 마리 새를 잡을 수 있는 것처럼 생각되었다. 그리하여 그것은 전염병처럼 번졌다.

사색의 거미줄로 엮어지고 화려한 수사(修辭)의 꽃으로 수놓아져 있으며 사랑의 아픔으로 감상의 이슬에 흠뻑 젖은 의상, 독일 사회주의자들이 그들의 뼈가 앙상한 '영원한 진리'를 감추기 위한 이 과도한 의상은 이 대중에게서 그들 상품의 판매량만 증대시켰을 뿐이었다. 그 나름으로 독일 사회주의는 이 성밖 거주 시민 계층의 허풍스런 대변인이 되겠다는 자신의 목적을 점점 더 인식해 갔다.

독일 사회주의는 독일 민족을 표준적인 민족으로, 그리고 독일 속물을 표준인으로 선언했다. 이 표준인의 갖가지 비열한 점에 대해 독일 사회주의는 그 실제 성격과는 반대 의미로, 은폐되고 좀 더 고상한 사회주의적 의의를 부여했다. 또한 공산주의의 '거칠고 파괴적인' 경향을 정면으로 반대하고 모든 계급투쟁에 대해 공평무사한 숭고함을 표명함으로써 최종 결론을 이끌어냈다. 몇 안 되는 드문 예외를 제외한다면 현재(1847년) 독일에서 돌아다니는 소위 사회주의, 공산주의 출판물들은 모두 이러한 지저분하고 힘을 떨어뜨리는 문헌[8]의 분야에 속한다.

---

8 1848년의 혁명의 폭풍은 이 초라한 전체 경향을 모두 쓸어냈고, 그 담당자들에게서 계속 사회주의를 해보려는 기분을 앗아갔다. 이 경향의 주된 대표자이자 고전적 전형은 카를 그륀 씨다.[1890년의 독일어판에 붙인 엥겔스의 주]

2. 보수적 사회주의 또는 부르주아적 사회주의

부르주아 계급의 일부는 시민 사회의 존속을 확보하기 위해 사회적 폐해를 제거하기를 원한다.

이 부분에 속하는 이들로는 경제학자, 박애주의자, 인도주의자, 노동계급의 상황을 개선하려는 자, 자선 사업가, 동물 학대 철폐자, 금주협회 발기인, 기타 잡다한 종류의 하찮은 개혁가들이 있다. 또한 이러한 부르주아 사회주의는 완전한 여러 체계로 개선되어 왔다.

프루동의 『빈곤의 철학』을 이러한 예로 들 수 있다.[9]

사회주의적 부르주아는 근대 사회의 생활조건의 모든 이점을 원하지만 그로부터 필연적으로 야기되는 투쟁과 위험은 배제하고자 한다. 그들은 기존 사회를 원하지만 그것을 변혁시키고 해체시키는 요소를 배제하고자 한다. 그들은 프롤레타리아 계급이 없는 부르주아 계급을 원한다. 부르주아 계급은 당연히 자신이 지배하고 있는 세계가 최선의 세계라고 생각한다. 부르주아 사회주의는 이 위안이 되는 생각을 어중간한 또는 완전한 여러 체계로 개선시킨다. 부르주아 사회주의는 그러한 체계를 실현하여 새로운 예루살렘으로 들어갈 것은 프롤레타리아 계급에게 촉구하지만, 실은 프롤레타리아 계급에게 현 사회에 그

9 마르크스는 프루동의 『빈곤의 철학』을 혹독하게 비판한 『철학의 빈곤』이라는 저작을 남겼다.

대로 머무르며, 부르주아 계급에 대한 증오에 찬 생각을 떨쳐 버릴 것을 요구하고 있다.

이 사회주의의 덜 체계적이지만 좀 더 실천적인 또 다른 형태는 이런저런 정치적 변화가 아닌 물질적 생활환경, 경제관계의 변화만이 노동자계급에게 이익이 될 수 있음을 보여줌으로써 노동자계급이 일체의 혁명운동을 싫어하게 만들고자 했다. 그러나 이러한 사회주의는 물질적 생활환경의 변화를 혁명의 도정에서만 가능한 시민적 생산관계의 폐지로 이해하지 않고, 이 생산관계를 토대로 일어나는 행정개혁으로, 따라서 자본과 임금노동의 관계에는 전혀 영향을 미치지 않고, 기껏해야 부르주아 계급 정부의 비용을 줄이고 행정업무를 단순화하는 개혁으로 이해할 뿐이다.

부르주아 사회주의는 단순히 웅변가의 어법이 될 때에야 비로소 그에 상응하는 표현을 얻을 수 있다.

노동계급의 이익을 위한 자유무역, 노동계급의 이익을 위한 보호관세, 노동계급의 이익을 위한 독방 감옥, 이것이 부르주아 계급 사회주의의 마지막 말이자 진심에서 우러나오는 유일한 말이다.

부르주아 사회주의의 본질은, 부르주아는 노동계급의 이익을 위한 부르주아라는 주장에 있다.

3. 비판적·유토피아적 사회주의와 공산주의

여기서 우리는 근대의 모든 대혁명마다 프롤레타리아 계급의 요구를 외쳐왔던 바뵈프 등의 저작과 같은 문헌에 대해서는 언급하지 않겠다.

프롤레타리아 계급이 일반적인 격동기에, 봉건사회가 무너지던 시기에 직접 자신의 계급 이익을 관철하기 위한 최초의 시도는 필연적으로 실패할 수밖에 없었다. 당시 프롤레타리아 계급 자체가 발전되지 않은 상태에 있었을 뿐 아니라 프롤레타리아 계급 해방을 위한 물질적 조건도 결여되어 있었기 때문이다. 그 물질적 조건은 시민적 시기에 가서야 비로소 생겨날 수 있었다. 또한 이 프롤레타리아 계급의 초기 운동에 수반되었던 혁명적 문헌도 내용상으로 필연적으로 반동적이었다. 그 문헌은 보편적 금욕주의와 조잡한 획일주의를 가르쳤다.

본래적인 사회주의, 공산주의 체계인 생시몽[10], 푸리에, 오언

---

10 생시몽(Claude-Henri de Rouvroy, comte de Saint-Simon, 1760~1825). 프랑스의 사회개혁가. 기독교 사회주의의 바탕을 마련한 중심인물 중 한 명. 주요 저작인 『새로운 기독교』(1825)에서 인간의 형제애가 산업과 사회의 과학적 조직화와 함께 이루어져야 한다는 주장을 폈다. 생시몽의 사상은 19세기 유럽 지성계에 매우 큰 영향을 미쳤다. 영국의 존 스튜어트 밀과 토머스 칼라일, 독일의 하이네, 러시아의 작가 비사리온 벨린스키, 미국의 사회주의자인 앨버트 브리스베인 등이 생시몽과 그 제자들의 사상에 여러 가지 경로로 영향을 받은 대표적인 사람들이다. 엥겔스의 경우, 친구이자 동료인 마르크스와 마찬가지로 대부분의 프랑스 사회주의자들로부터 별다른 영향을 받지 않았으나, 생시몽의 사상을 후대 사회주의 사상의 싹으로 간파하고 '천재의 폭넓은 안목'을 높이 평가했다.

등의 체계는 앞서 말한 프롤레타리아 계급과 부르주아 계급 간의 투쟁이 발전되지 않은 초기에 나타난다(I절 부르주아 계급과 프롤레타리아 계급에 관한 부분을 참고하라.)

이들 체계의 고안자들은 사실 지배 사회 자체에서 붕괴 요소의 작용뿐 아니라 계급대립도 보고 있다. 그러나 그들은 프롤레타리아 계급 쪽의 어떠한 역사적 자주성도, 그 특유의 정치 운동도 보지 못하고 있다.

계급대립의 발전은 항상 산업의 발전과 보조를 같이 하므로 그들 역시 프롤레타리아 계급 해방을 위한 물질적 조건을 발견하지 못하고 이 조건을 창출할 사회과학, 사회법칙을 모색하고 있다. 사회적 활동은 그들의 개인적인 창의적 행동으로 대체되고, 역사적인 해방 조건은 환상적 조건으로 대체될 수밖에 없다. 또 점차적으로 생겨나는 프롤레타리아 계급의 계급조직은 특수하게 고안된 사회조직으로 바뀔 수밖에 없다. 그들이 보기에 미래 역사는 결국 그들의 사회적 계획의 선전이자 실천적 실행일 뿐이다. 계획을 세우는 데서 그들은 의식적으로 가장 고통 받는 계급인 노동계급의 이익을 주로 대변한다. 그들에게 프롤레타리아 계급이란 오직 가장 고통 받는 계급이라는 관점에서만 존재할 뿐이다.

하지만 그들 자신의 생활 상황뿐만 아니라 계급투쟁의 미발전된 형태로 인해 그런 종류의 사회주의자들은 저 계급대립을 훨씬 초월해 있다고 여기게 된다. 그들은 모든 사회 구성원, 가장 형편이 좋은 구성원들의 생활 상황도 개선하고자 한다. 따라서 그들은 지속적으로 계급구분 없이 사회전체에, 아니 우선적으로 지배계급에 호소한다. 그것을 가능한 최상의 사회의 가능한 최상의 계획으로 인정하기 위해서는 그들 체제를 이해하기만 하면 된다.

그러므로 그들은 모든 정치 행동, 특히 모든 혁명적 행동을 배척한다. 그들은 평화적인 방법으로 그들의 목적을 이루고자 하며, 당연히 실패로 끝날 자잘한 실험이나 사례의 힘에 의해 새로운 사회의 복음으로 가는 길을 트려고 한다.

프롤레타리아 계급이 아직 극히 미발전된 상태에 있고, 그러므로 그 자신의 위치를 환상적으로 파악하는 시기에 그려진 미래 사회에 대한 환상적인 묘사는 사회의 전반적 개조에 대한 프롤레타리아 계급 초기의 불안한 예감에서 나온 열망 때문에 생겨난다.

그러나 이 사회주의와 공산주의 출판물들은 비판적인 요소로도 구성되어 있다. 그것들은 기존 사회의 모든 토대를 공격한다. 그 때문에 그것들은 노동자의 계몽을 위한 극히 소중한 자료를 제공해주었다. 미래 사회에 대한 긍정적인 명제, 예컨대 도시와 농촌간의 대립의 폐지, 가족의 폐지, 사적 영리의 폐지, 임금노동의 폐지, 사회적 조화의 선언, 국가 기능의 단순한 생산 감독 기능으로의 전환 등—이 모든 명제는 단순히 계급 대립의 해소를 표현하고 있다. 그 명제들은 이제 바야흐로 나타나기 시작하고 있었으므로 이들 출판물에서는 초기의 불확실한 형태로만 계급대립을 알고 있었다. 그러므로 이들 명제 자체는 아직 순수하게 유토피아적인 의의를 지닌다.

비판적·유토피아적 사회주의 또는 공산주의의 의의는 역사 발전에 반비례한다. 계급투쟁이 발전되고 특정한 형태를 취할수록 그 투쟁에 대한 이 환상적인 고양, 그 투쟁에 대한 이 환상적인 투쟁은 모든 실천적 가치와 모든 이론적 정당성을 잃어버린다. 그러므로 비록 이들 체계의 창시자들이 여러 가지 면에서 혁명적이라 해도 그 제자들은 매번 반동적인 종파를 형성한다. 이들은 프롤레타리아 계급의 지속적인 역사발전에 대해 스승들의 낡은 견해를 고수한다. 따라서 그들은 시종일관 계급투쟁을 다시 약화시키고 대립을 중재하려 한다. 그들은 여전히 자신의 사회적 유토피아의 실험적인 실현을 꿈꾸며, 개별적인 팔랑스테르의 창설, 국내 식민지[11]의 건설, 작은 이카리아의 설립—신 예루살렘의 축소판—을 꿈꾼다. 그들은 이 모든 공중누각을 건설하기 위해 부르주아의 박애와 돈지갑에 호소할 수밖에 없다.

---

11 팔랑스테르는 프랑스의 샤를 푸리에(Charles Fourier)가 계획한 사회주의적 식민지를 일컫는 말이다. 이카리아는 카베가 자신의 유토피아와 후에는 미국의 자신의 공산주의 식민지를 일컫는 말이다.[1888년의 영어판에 붙인 엥겔스의 주]
국내 식민지는 오언이 자신의 공산주의 모범사회에 붙인 이름이다. 팔랑스테르는 푸리에가 계획한 사회적 궁전의 명칭이었다. 이카리아는 유토피아적 환상의 나라를 뜻했는데, 카베(Cabet)가 그것의 공산주의적 조직에 대해 묘사했다.[1890년의 독일어판에 붙인 엥겔스의 주]

점차 그들은 앞서 서술한 반동적인 또는 보수적인 사회주의자들의 범주에 빠져든다. 그들은 더 체계적인 현학성에 의해, 또 자기들 사회과학의 놀라운 효과에 대한 광적인 미신에 의해 이들 사회주의자와 구별될 뿐이다. 따라서 그들은 노동자의 모든 정치 운동을 격분해서 저지한다. 그들이 보기에 그 운동은 새로운 복음에 대한 맹목적인 불신으로 인해 나타나는 것일 뿐이다.

영국의 오언주의자, 프랑스의 푸리에주의자들은 각기 차티스트[12]와 개혁주의자[13]들을 반대한다.

---

12 영국에서 일어난 차티스트 운동의 지지자들. 차티즘은 영국에서 선거권이 없는 노동자들의 급진적 운동으로 1837년에서 1848년까지 지속되었다. 1839년 이들은 보통 선거·비밀 선거·선거구의 공정성, 매년의 의회 개선, 의원의 재산 자격 폐지, 의원 세비 지급 등 6개항의 인민헌장(People's Charter)을 내걸고 광범위한 정치 운동을 전개했으며, 경제적 향상을 위한 수단으로서 의회의 개혁이 한층 더 필요하다고 보았다. 또한 1843년의 패배로 계속된 불화·분열 가운데 노동자계급의 새 지도자들은 노동 전선을 통일하기 위해, 보통 선거에 입각한 의회 민주주의를 요구했다. 그러나 지도자간의 분열, 사상의 불일치, 탄압 때문에 그 최고조였던 2월 혁명을 고비로 하여 급격히 쇠퇴하고 말았다.

13 1843년부터 1850년까지 발행된 파리의 개혁 신문 〈개혁〉의 추종자들을 말한다. 공화국 수립과 민주적·사회적 개혁의 실행을 옹호했다.

IV
다양한 반정부당에 대한 공산주의자들의 입장

II절에 따라 이미 조직된 노동자 당들에 대한 공산주의자들의 관계, 따라서 영국의 차티스트나 북미의 농업개혁가들에 대한 그들의 관계는 저절로 자명해진다.

공산주의자들은 노동자계급의 당면 목표와 이익의 달성을 위해 투쟁하지만, 이와 동시에 현재의 운동 속에서 이 운동의 미래를 대변하기도 한다. 프랑스에서 공산주의자들은 보수적 부르주아 계급과 급진적 부르주아 계급에 반대하여 사회민주당[1]에 합류했지만, 그렇다고 해서 혁명 전통에서 물려받은 상투적 문구

---

1 당시 의회에서는 르뒤르 롤랭에 의해, 문헌에서는 루이 블랑에 의해, 일간지에서는 〈개혁〉에 의해 대표된 당이다. '사회 민주주의'라는 명칭은 이 명칭의 고안자에게는 민주당 또는 공화당 중 다소 사회주의적 색채가 있는 분파를 의미했다.[1888년의 영어판에 붙인 엥겔스의 주]
당시 프랑스에서 스스로를 사회주의-민주주의라 부른 당은 정치적으로는 르뒤르 롤랭에 의해, 문헌적으로는 루이 블랑에 의해 대표되었다. 따라서 이 당은 오늘날의 독일 사회민주주의와는 대단히 큰 차이가 있었다.[1890년의 독일어판에 붙인 엥겔스의 주]

나 환상에 대해 비판적 태도를 취할 권리는 포기하지 않았다.

스위스에서 공산주의자들은 급진주의자들을 지지하지만, 이 당이 일부는 프랑스적인 의미에서 민주주의적 사회주의자들로, 일부는 급진적 부르주아라는 모순적인 요소들로 구성되어 있다는 사실은 오해하지 않는다.

폴란드에서 공산주의자들은 토지분배혁명을 민족해방의 조건으로 삼으며, 1846년[2]의 크라쿠프 폭동을 일으킨 당을 지지한다.

독일에서 공산당은 부르주아 계급이 혁명적인 모습을 보일 경우, 부르주아 계급과 함께 절대군주, 봉건지주, 소시민계급과 맞서 싸운다.

그러나 부르주아 계급이 자신의 지배와 함께 초래할 수밖에 없는 사회적, 정치적 조건을 독일 노동자들이 곧바로 부르주아 계급에 대항하는 무기로 되돌릴 수 있기 위해, 그리고 독일 반동계급의 몰락 이후 부르주아 계급에 반대하는 투쟁 자체가 즉시 시작될 수 있게 하기 위해, 공산주의자는 부르주아 계급과 프롤레타리아 계급 간의 적대적 대립에 대한 될 수 있는 대로 명백한 의식을 노동계급에 주입시키려 끊임없이 노력한다. 공

---

2 1846년 2월 폴란드의 여러 주에서는 폴란드의 민족해방을 목표로 한 봉기를 준비하고 있었다. 1815년 이래로 오스트리아, 러시아, 프로이센의 공동 관리 하에 있었던 자유국가 크라쿠프에서만 2월 22일 폭도들이 승리를 거두어 민족정부를 구성하는 데 성공했다. 그 정부는 봉건적 책무의 철폐에 대한 선언을 했다. 크라쿠프의 폭동은 1846년 3월 초 진압되었다.

산주의자들은 독일에 주된 관심을 기울이고 있다. 왜냐하면 독일은 시민 혁명의 전야에 있으며, 17세기 영국이나 18세기 프랑스에 비해 유럽 문명 일반의 더욱 선진적인 조건 하에서, 또 훨씬 발전된 프롤레타리아 계급과 함께 이 변혁을 완수하므로, 따라서 독일 시민 혁명은 단지 프롤레타리아 혁명의 서곡에 불과할 수 있기 때문이다.

요컨대 공산주의자들은 어디서나 기존의 사회적, 정치적 상태에 반대하는 모든 혁명 운동을 지지한다.

이 모든 혁명 운동에서 공산주의자들은 각국의 발전된 형태와는 관계없이 소유 문제를 운동의 근본 문제로서 전면에 내세운다. 마지막으로 공산주의자들은 어디서나 모든 나라의 민주주의 정당들의 연합과 타협을 위해 노력한다.

공산주의자들은 자신의 견해와 의도를 감추는 것을 거부한다. 공산주의자들은 지금까지의 모든 사회질서를 폭력으로 붕괴시킴으로써만 자신의 목적을 달성할 수 있음을 공공연히 선언한다. 모든 지배계급을 공산주의 혁명 앞에 떨게 하라. 프롤레타리아가 잃을 것은 쇠사슬밖에 없다. 그들이 얻는 것은 하나의 세계이다.

전 세계 노동자여, 단결하라!